Shelia Fisher

New York –
Im Reich der Diamanten

Shelia Fisher ist das Pseudonym der deutschen Autorin Silke Fischer.

Sie wurde 1967 geboren und lebt mit ihrer Familie und Hund am Niederrhein.

Nach abgeschlossenem Wirtschaftsstudium hat sie viele Jahre mit Zahlen jongliert, die sie in der letzten Zeit öfter in Buchstaben umwandelte.

Besuchen Sie die Autorin im Internet:
www.sheliafisher.de

Shelia Fisher

New York –
Im Reich der Diamanten

Deutsche Erstausgabe
1. Auflage, November 2017
Copyright © 2017 by Shelia Fisher
Cover-Design: Jens Bachmann
Cover-Abbildung: © peshkova / Fotolia.com
Lektorat: Daniela Humblé
Herstellung und Verlag:
BoD – Books on Demand, Norderstedt
ISBN 9 783744 848046

Wer die Wahrheit nicht weiß,
der ist bloß ein Dummkopf.
Aber wer sie weiß und sie eine Lüge nennt,
der ist ein Verlierer.

- Bertolt Brecht -

Kapitel 1

*E*in Blick auf meine silberne Armbanduhr sagt mir, dass ich mich beeilen muss. Pünktlich um 20 Uhr beginnt die geheime Zusammenkunft des Komitees des 1931 gegründeten New Yorker Diamond Traders Clubs, zu dem ich seit gut zehn Jahren gehöre.

Mit viel Schwung ziehe ich die Wohnungstür meines Penthouses hinter mir zu, welches auf der Upper East Side liegt - die angeblich wohl schickste und teuerste Ecke in Manhattan - und laufe mit großen Schritten zum Fahrstuhl. Zu meinem Glück ist dieser in nur wenigen Augenblicken auf meiner Etage angekommen und ich kann - ohne Zeitverlust - bis in die Tiefgarage fahren.

Als sich die Fahrstuhltüren wieder öffnen, schlägt mir der Geruch aus einer Mischung von Benzin und abgestandener Luft entgegen. Angewidert rümpfe ich die Nase und begebe mich zu dem Stellplatz meiner schwarzen Limousine.

Schon von Weitem öffne ich mit der Fernbedienung das Auto, als ich plötzlich Schritte hinter mir wahrnehme. Blitzartig drehe ich mich um und sehe in den Lauf eines Revolvers.

„Guten Abend, Mr. Collister", nuschelt der mit schwarzer Strumpfmaske vermummte Angreifer.

„Den wünsche ich Ihnen ebenfalls", antworte ich rau und schweige danach. Auch wenn mein Gegenüber eine Maske trägt, so kann ich ihn an seinen Augen erkennen und weiß, um wem es sich handelt. Deshalb schweige ich beharrlich weiter und bewege mich keinen Zentimeter.

„Mr. Collister, wollen Sie nicht wissen, warum ich Sie bedrohe?", fragt er mich.

„Sie werden es mir bestimmt gleich verraten, Mr. De Cook", antworte ich provokant.

„Sie wissen … wer ich bin?", stottert er und seine Hand, in der er den Revolver hält, beginnt zu zittern.

„Natürlich!", sage ich kalt, drehe mich ruckartig um und trete ihm heftig gegen das rechte Wadenbein. Davon knickt er zusammen und unglücklicherweise löst sich dabei ein Schuss aus seiner Waffe. Die Kugel davon landet anscheinend in der Decke der Tiefgarage und ich bleibe unverletzt.

Ausgerechnet heute bin ich nicht in der Stimmung, mit dem Tod zu flirten. Doch das kann sich schnell wieder ändern.

Um noch weiteren Schaden zu verhindern, packe ich erneut zu und reiße den am ganzen Körper schlotternden Mann den Revolver aus der Hand, sichere ihn und stecke ihn in die Tasche meines braunen Wintermantels.

Danach zerre ich den am Boden sitzenden und vor sich hin murmelnden Mr. De Cook seine schwarze Maske vom Kopf und sehe ihn finster an. „Was sollte das gerade? Wollten Sie mich umbringen?", blaffe ich und werfe entrüstet die Strumpfmaske auf den grauen Boden der Tiefgarage.

Vor mir bietet sich ein erbärmliches Bild eines gebrochenen Mannes. Seine kurzen grauen Haare stehen ihm wirr zu allen Seiten ab, sein Blick ist leer und seine dunklen

Augenringe deuten auf wenig Schlaf in der letzten Zeit hin. Von seiner fahlen Gesichtsfarbe spreche ich erst gar nicht.

„Nein, natürlich nicht, Mr. Collister", sagt er mit brüchiger Stimme, „aber Sie sind meine letzte Hoffnung."

Gekünstelt lache ich laut auf, fahre mir danach nervös über meinen Fünf-Tage-Bart und sage: „Ihr Humor ist wirklich bemerkenswert."

„Ich meine das ernsthaft. Nur Sie sind in der Lage, die Clubmitglieder zu überzeugen, dass ich nicht mit *Blutdiamanten* gehandelt habe."

„Die von Ihnen vorgelegten Zertifikate zur eindeutigen Identifizierung der Steine waren gefälscht und deshalb hat man Sie aus dem Club verwiesen. Und ..."

„Dann müssen mir die echten Papiere auf dem Transport gestohlen und durch gefälschte ersetzt worden sein", unterbricht er mich. „Mr. Collister", redet er im beschwörenden Ton weiter, „Sie wissen, dass ich eines der ältesten Mitglieder in diesem Club bin und mein Vater ihn sozusagen mit gegründet hat. Glauben Sie wirklich, dass ich mit meinen fast achtzig Lebensjahren anfange, mit *Blut- oder Konfliktdiamanten* zu handeln?"

Das ist wirklich ein aussagekräftiges Argument und ich bin geneigt, ihm zu glauben. Nachdenklich streiche ich mir meine dunkelblonden Haare aus dem Gesicht und starre ihn an.

Die Familie, aus der Mr. De Cook stammt, ist eine alteingesessene jüdische Diamantenhändler-Dynastie aus Antwerpen. Viele von ihnen sind mit dem Ausbruch des zweiten Weltkriegs hierher nach New York gekommen. So auch seine Familie.

Noch heute liegt der Großteil des New Yorker

Diamantenhandels in jüdischen Händen, wie schon seit vielen Generationen. Ich weiß das alles so genau, weil mein verstorbener Vater mit der Familie De Cook flüchtig bekannt war. Übrigens hat der Stammbaum meiner Familie seine Wurzeln in London.

„Was ich aber überhaupt nicht verstehe ... warum bedrohen Sie mich mit einem Revolver?", frage ich aufgebracht.

„Hätten Sie mir denn sonst Gehör geschenkt? Immerhin waren Sie ebenfalls im Club anwesend, als die Verdächtigungen gegen mich ausgesprochen wurden ... und wirklich kein Mitglied hat sich für mich eingesetzt. Ich bin deshalb zu Ihnen gekommen, weil Ihr Vater immer ein loyaler Mann war und ich glaube, das hat er an Sie weitergegeben."

Statt Mr. De Cook zu antworten, reiche ich ihm meine Hand und helfe ihm beim Aufstehen.

„Dankeschön, Mr. Collister", sagt er und reibt sich an seiner Wade.

„Ich wollte Sie nicht verletzen", entschuldige ich mich.

„Das wird wohl nur ein blauer Fleck werden. Kein Grund zur Panik", wiegelt Mr. De Cook ab. „Sie haben sich doch nur zur Wehr gesetzt. Darf ich trotzdem noch einmal auf mein Anliegen zurückkommen?", fragt er zögerlich.

„Erzählen Sie ...", bitte ich ihn höflich.

„Haben Sie sich nicht über die letzten mysteriösen Todesfälle einiger Clubmitglieder gewundert?", fragt er und sieht mich dabei vielsagend an.

„Sie meinen das plötzliche Ableben letztes Jahr von Mr. Van der Velde?"

„Ja, zum Beispiel. Ein angeblicher Selbstmord. Was für ein Blödsinn. Ich habe ihn noch am Morgen des tragischen Tages beim Joggen getroffen. Glauben Sie wirklich, wenn sich jemand umbringen will, kümmert er sich zuvor noch um seine Gesundheit?"

„Wohl weniger", gebe ich zu.

„Eben! Und das Jahr zuvor, vielleicht erinnern Sie sich noch an Mr. Devos ..."

„Der tödliche Autounfall", ergänze ich.

„Genau. Ist Ihnen einmal aufgefallen, natürlich mich eingeschlossen, dass diese Männer alle keine männlichen Erben haben?"

„Also, wenn ich ehrlich bin, habe ich mich nicht mit diesem Thema beschäftigt. Aber so, wie Sie es sagen, ergeben diese außergewöhnlichen Vorfälle ein Schema. Frauen haben zu diesem elitären Club bis heute keinen Zugang und sobald ein Mitglied aus Altersgründen ausscheidet, rückt automatisch der männliche Erbe nach. Sollte keiner vorhanden sein, verliert dadurch die Familie ihre Machtposition."

„So etwas nennt man Ausschalten der Konkurrenz", sagt Mr. De Cook, „oder die Macht neu verteilen. Da ich als Erbe im Moment nur meine Tochter vorzuweisen habe, weil mein Enkelsohn noch nicht volljährig ist, würde meine Familie jetzt durch diesen Vorfall ihren Status verlieren. Und das will ich um jeden Preis verhindern und deshalb bitte ich Sie um Hilfe."

„Sie verlangen ziemlich viel von mir", sage ich nachdenklich.

„Ich weiß und ich bin bereit, dafür einen hohen Preis zu zahlen."

„Sind Sie sicher?"

„Daran gibt es keinen Zweifel!", bestätigt er mit fester Stimme.

„Wo haben Sie die angeblichen *Konfliktdiamanten*

erworben?", will ich nun wissen.

„In Südafrika ... persönlich von Mr. De Beek gekauft", sagt er mit Nachdruck.

„Von Mr. De Beek?", wiederhole ich skeptisch. „Ich fliege in zwei Tagen dorthin. Wenn Sie wollen, dann bringen Sie mir morgen ihre Diamanten und die gefälschten Zertifikate vorbei. Ich habe vor Ort ein paar Quellen, die ich befragen werde. Nur machen Sie sich bitte nicht allzu große Hoffnungen, dass ich den Vorfall aufklären kann. Sie wissen selbst, wie viele schwarze Schafe es unter den Diamantenhändlern gibt und es halten sich nicht alle Länder an das Abkommen, welches 2003 beschlossen wurde."

„Mir müssen Sie das nicht erklären, Mr. Collister. Ich habe die jahrelangen zähen Verhandlungen, bis endlich dieses Abkommen zustande kam, mitverfolgt. Dass nur mit Diamanten gehandelt werden darf, für die ein legitimer Ursprung nachgewiesen werden kann, sollte eigentlich selbstverständlich sein."

„Genau ... die Papiere enthalten eigens eine erstellte Zertifikatnummer, Laserhologramme oder spezielle Texturen. Und genau gegen eine dieser Auflagen haben Sie verstoßen!"

„Ich schwöre Ihnen, Mr. Collister, die Zertifikate waren echt! Man hat mich getäuscht und dafür habe ich sogar Zeugen. Aber bei einer Verhandlung wird man sie wegen Befangenheit ablehnen."

„Das kann ich nicht beurteilen", murre ich und hole aus meiner Manteltasche den Revolver wieder heraus. „Den brauchen Sie morgen nicht wieder mitzubringen. Ich höre Ihnen auch so zu", sage ich und versuche versöhnlich dabei zu lächeln.

„Sie wissen gar nicht, wie überaus dankbar ich Ihnen bin, Mr. Collister. Und übrigens, noch nachträglich alles Gute zum Geburtstag. Wie fünfzig sehen Sie nun wirklich nicht aus. Ich würde Sie höchstens auf Ende dreißig schätzen."

„Dankeschön. Aber woher wissen Sie das?"

„Oh, Sie meinen Ihren Geburtstag? Das tragische Schicksal Ihrer Frau hat mich damals sehr berührt … und da es dasselbe Datum ist … entschuldigen Sie bitte, ich hätte das nicht erwähnen dürfen … wie töricht von mir altem Mann."

„Ist schon gut", wiegle ich ab.

Über genau dieses Thema möchte ich jetzt nicht sprechen.

„Mr. De Cook. Ich muss mich beeilen", sage ich deshalb.

„Natürlich, Mr. Collister. Die Versammlung beginnt in fünfzehn Minuten."

***

Viel zu schnell fahre ich durch die Gänge der Tiefgarage und hätte beinahe eine Radfahrerin an der Ausfahrt auf die East 62nd Street umgefahren. Diese springt entsetzt von ihrem Rad und beschimpft mich ungehalten. Eigentlich hat sie recht und mir ist der Vorfall auch ziemlich unangenehm, trotzdem bin ich nach wie vor in Zeitnot. Ich entschuldige mich höflich bei ihr und gelobe Besserung.

Dessen ungeachtet presche ich mit Vollgas nun auf die Straße hinaus und fahre die wenigen Meter in Richtung Central Park. Im Rückspiegel sehe ich noch die kopfschüttelnde Frau. Dann biege ich links auf die 5th Avenue ein und muss dieser nur noch geradeaus, bis zur West 47th Street, folgen. Auf der linken Seite fahre ich irgendwann bei

Tiffanys & Co. vorbei und auf der rechten Seite sehe ich das Rockefeller-Center.

Zwei Straßen weiter biege ich rechts in die West 47th Street ein und befinde mich auf dem sogenannten Diamond Jewelry Way, wie die Straße auch genannt wird, die sich zwischen der 5th und 6th Avenue befindet. Sie ist bei Weitem nicht so prunkvoll, wie sich der Name anhört. Kein einziger Baum hat es auf dem dreihundert Meter langen Abschnitt geschafft, irgendwo seine Wurzeln zu schlagen und die Gebäude sind ein schäbiger Mix aus verschiedenen Bauepochen. Die Straße ist zudem mit etlichen Schlaglöchern übersät und die Auslagen in den Geschäften sind nüchtern und wenig glamourös.

Doch genau diese Straße - auch Diamanten-Distrikt genannt - ist das Herzstück des US-amerikanischen sowie internationalen Diamantenhandels und man kann als einfacher Besucher nur an der enormen Präsenz von Sicherheitskräften erkennen, dass dieser eine Häuserblock etwas Besonderes sein muss. Mittlerweile haben sich über zweitausendsechshundert Firmen nur auf dieser kleinen Straße angesiedelt und es gibt nichts, was man hier nicht bekommen kann.

Das zwölfstöckige Haus in neugotischer Bauweise, in dem das Treffen stattfindet, liegt direkt an der Ecke zur 5th Avenue und ich erwische die wohl noch letzte freie Parklücke. Was für ein Glück, dass ich jetzt nicht noch zusätzlich Zeit für die Suche eines Parkplatzes aufwenden muss. So schnell wie möglich steige ich aus, verschließe per Fernbedienung das Auto und laufe mit großen Schritten auf den Seiteneingang zu.

Plötzlich höre ich jemanden meinen Namen rufen.

„Aiden? Bist du es?"

Unschlüssig, ob ich jetzt mich umdrehen soll oder nicht, spüre ich soeben eine Hand auf meiner Schulter. Abrupt bleibe ich stehen und warte.

„Kennst du mich nicht mehr?", fragt mich eine männliche Stimme, die ich schon lange nicht mehr gehört habe.

„Keith!", sage ich. Dieser steht mittlerweile vor mir und unweigerlich sehe ich in seine braunen Augen, die teilweise von seinen dunklen Locken verdeckt werden. Dass sein Gesicht von einigen verkrusteten Wunden gezeichnet ist, lässt mich einen Schritt zurückweichen. Bevor ich etwas fragen kann, erklärt er mir: „Ich komme gerade aus Angola. Können wir uns in den nächsten Tagen treffen?"

„Angola?", wiederhole ich argwöhnisch und ziehe eine Augenbraue verächtlich nach oben. So, wie er aussieht, ist er bestimmt mit zwielichtigen Leuten kollidiert, denen er eventuell ein paar Rohdiamanten unterschlagen hat. Zumindest kann ich mir das bei ihm vorstellen.

„Hast du meine Telefonnummer noch?", will ich wissen.

„Natürlich!", platzt er heraus.

„Dann rufe mich morgen an! Vielleicht kommen wir ins Geschäft."

„Ich wusste, dass ich auf dich zählen kann, Aiden."

„Wir werden sehen", murre ich und verabschiede mich schnell von ihm. Uns muss hier niemand vor dem Gebäude zusammen sehen.

Im nächsten Augenblick ziehe ich meine goldfarbene Mitgliedskarte aus der Innentasche meines Mantels - in die verschiedene Diamanten zur Erkennung meiner Person eingearbeitet sind - und halte sie an das Überwachungssystem des Gebäudes neben der Eingangstür. Mit dem Summen des

Türöffners trete ich zügig ein und laufe, ohne mich großartig weiter umzusehen, zum Fahrstuhl. Mein Ziel ist die zwölfte Etage, denn dort trifft sich das Komitee des Diamond Traders Clubs.

Heute interessiert mich weniger der Diamantenhandel, der in den verschiedenen Stockwerken des Gebäudes betrieben wird - hier werden Rohdiamanten geschliffen, poliert und in Schmuckstücke eingearbeitet - sondern nur, was es mit diesem plötzlich einberufenen Treffen auf sich hat.

Kapitel 2

Gerade noch im zeitlichen Toleranzbereich verlasse ich den Fahrstuhl, laufe den dämmrig beleuchteten Gang entlang und zeige dem wartenden, bewaffneten Sicherheitsmann meine Mitgliedskarte. Dieser nickt mir wohlwollend zu und öffnet einen Augenblick später die Tür zum Clubraum. Sofort bin ich skeptischen Blicken ausgesetzt und einige Mitglieder schielen verstohlen auf ihre Armbanduhren.

„Guten Abend, meine Herren", sage ich schnell. „Ich weiß, dass ich zehn Minuten zu spät bin. Aber die Politesse, die mich wegen zu schnellen Fahrens angehalten hat, war einfach zu entzückend und ich habe mich deshalb etwas in der Zeit vertan. Ich bitte Sie höflichst um Entschuldigung", sage ich mit einem dezenten Lächeln.

Jeder im Raum weiß, dass meine Ausrede wahrscheinlich gelogen ist und doch nicken mir fast alle mit einem verstohlenen Lächeln zu. Ich bin mir sicher, dass einige Mitglieder sich die Situation bildlich vorgestellt haben und sich wünschen, von so einer Politesse kontrolliert zu werden.

„Guten Abend, Mr. Collister", sagt der Vorsitzende Mr. De Groot. „Dann sind wir jetzt vollzählig und ich eröffne hiermit unsere heutige Zusammenkunft."

Ein nervöses Raunen erfüllt plötzlich den Raum, denn anscheinend weiß niemand, worum es wirklich in der kurzfristig einberufenen Versammlung geht. Einige der Mitglieder scheinen entweder schon länger hier zu sein oder sie rauchen vor Nervosität eine Zigarette oder Zigarre nach der anderen. Jedenfalls ist schon nach kurzer Zeit die Luft zu schwer zum Atmen.

Ich suche mir einen der wenigen freien Plätze um den großen Konferenztisch und lasse mich auf einem braunen Lederstuhl nieder. Wenn ich daran denke, dass sich an der Einrichtung des Raumes seit der Gründung 1931 nichts verändert hat, dann überfällt mich immer wieder eine unendliche Neugier.

Was haben diese alten Möbel schon für geheime Gespräche und diverse Absprachen mitgehört?

Die schnarrende Stimme des Vorsitzenden erhält sofort meine Aufmerksamkeit. Mr. De Groot ist mit seinen einundachtzig Jahren das älteste Mitglied des Clubs und beansprucht deshalb auch den Vorsitz. Dass er ein geborener orthodoxer Jude ist, kann man sehr gut an seiner Kleidung, Bart, Hut und den Schläfenlocken erkennen. Übrigens gehören über die Hälfte der Mitglieder des Clubs dieser Glaubensrichtung an. Sie stammen alle aus alteingesessen Familien, die schon über etliche Generationen mit Diamanten handeln.

„Ich will mein Anliegen … ohne weitere Umschweife sofort darlegen", beginnt er. „Es werden in den nächsten Tagen einige Händler bei euch auftauchen, die hochwertige Rohdiamanten aus Angola anbieten."

Bei dem Wort *Angola* zucke ich leicht zusammen.

„Diese Diamanten stammen aus einer konfliktfreien

Mine. Doch auf dem Transport durch das Land sind sie wohl von einheimischen Rebellen gestohlen und danach sofort an diverse Händler weiterverkauft worden. Für uns heißt das … haltet die Augen offen. Die Diamanten sollen laut Aussage von Beobachtern eine ausgezeichnete Reinheit besitzen und außerdem farblos oder sogar in reinem Rot gefunden worden sein."

Kaum sind die letzten Worte von Mr. De Groot ausgesprochen, da entfacht auch schon eine wilde Diskussion. Manche Männer springen vor Aufregung auf und brüllen förmlich ihre Fragen an den Vorsitzenden und andere wieder bleiben ruhig sitzen und tippen verstohlen Nachrichten in ihre Handys oder Smartphones.

Ich dagegen atme nur tief ein und überlege, was zu tun ist. Für einen Laien mögen die Worte von Mr. De Groot weniger aufregend klingen, aber für uns Händler ist es ein absoluter Volltreffer, der eigentlich keiner sein dürfte. Denn auch wenn die Diamanten konfliktfrei gefördert wurden, so hatten die Rebellen ihre Finger im Spiel und damit schon viel Geld mit dem Verkauf verdient. Deshalb sind sie für uns als Händler eigentlich tabu.

Eigentlich.

So, wie ich das gerade verstanden habe, besitzen die Diamanten die für den Weiterverkauf dringend notwendigen Zertifikate und sind zudem äußerst selten. Für die außerordentlich raren roten Diamanten werden weltweit Liebhaberpreise gezahlt und auch mit den absolut klaren Steinen kann man ein Vermögen verdienen, denn die meisten Diamanten haben eine Gelbsättigung.

Mr. De Groot kann sich nur mit großer Mühe wieder Gehör verschaffen und muss einigen Mitgliedern sogar androhen, sie aus dem Raum entfernen zu lassen, damit sie sich wieder beruhigen.

„Alles, was wir jetzt besprechen, bleibt in diesem Raum und wird nicht nach draußen dringen", betont er ausdrücklich. „Wenn ihr diese fragwürdigen Diamanten mit Zertifikaten kaufen könnt, dann schlagt zu, bevor es andere tun. Sollten die Zertifikate fehlen, geht der Sache nach ... vielleicht können sie neu ausgestellt werden. Bei dem roten Diamanten stellt ihr keine Fragen und kauft ihn, egal, was er kostet. Sollten dabei Liquiditätsprobleme auftreten, dann wisst ihr alle, wie ihr mich und unsere hauseigene Bank erreichen könnt. Gibt es sonst noch Fragen?"

Nein, die gibt es nicht.

Jeder weiß für sich, was er jetzt zu tun hat. Ich muss mich noch heute Abend mit Keith in Verbindung setzen. Morgen kann es schon zu spät sein.

***

Fünfzehn Minuten später sitze ich bereits wieder in meiner Limousine. Gerade will ich starten, da vibriert mein Smartphone. Eine Nachricht.

Natürlich sehe ich sofort nach, von wem sie ist.

„Gillian", brumme ich vor mich hin. Ich kann mir fast denken, um was es sich handelt und deshalb schmeiße ich mein Smartphone - ohne ihre Nachricht zu lesen - auf den Beifahrersitz.

Sobald sich die Limousine wieder in den Verkehr der 5th Avenue eingereiht hat, rufe ich über die Freisprechanlage Keith an.

„Aiden", meldet sich dieser erfreut.

„In einer halben Stunde bei mir und bringe deine Andenken aus deinem letzten Urlaub mit", blaffe ich.

„Hat es sich schon herumgesprochen?", knurrt Keith daraufhin.

„Ich weiß nicht, was du meinst", bemerke ich lapidar, beende das Gespräch und fahre zurück zu meiner Wohnung.

Als ich in die East 62nd Street einbiege, sehe ich schon Gillians Cabrio vor meinem Apartmenthaus stehen.

„Verdammt! Ich hätte ihre Nachricht doch lesen sollen!", fluche ich vor mich hin.

Viel zu schnell fahre ich daraufhin in die Tiefgarage, parke auf meinem Stellplatz und verlasse ziemlich ungehalten mein Auto. Mit großen Schritten laufe ich zum Fahrstuhl und drücke auf den Kopf für die Etage zu meinem Penthouse.

Als sich die Fahrstuhltüren wieder öffnen, laufe ich direkt in Gillians Arme. „Ich hatte Sehnsucht nach dir", flötet sie sofort los.

„So funktioniert das nicht", brumme ich, während ich die Wohnungstür öffne.

Mit einem Wink bitte ich sie herein und gerade, als sie ihren Mantel ausziehen will, sage ich: „Lass' das bitte!" Ich weiß mittlerweile, was sie darunter trägt, denn ich habe ihre Nachricht im Fahrstuhl noch geöffnet und natürlich auch gelesen. Sie hat mir ein wirklich aufregendes Foto - auf dem sie nur mit atemberaubenden Dessous bekleidet ist - geschickt.

Gillian gehört zu dieser Sorte Frauen, der man als Mann eigentlich nicht widerstehen kann. Sie ist jung, hat eine makellose Figur und ihre langen blonden Haare umranden ein wunderschönes Gesicht.

Mit beleidigter Miene sieht sie mich jetzt an und fragt mich gekränkt: „Wir haben uns mindestens vierzehn Tage nicht gesehen und du meldest dich nur sporadisch bei mir. Was soll das alles, Aiden?"

„Ich habe viel zu tun", weiche ich aus.

In der Zwischenzeit habe ich meinen Mantel ausgezogen und ihn über den dunkelroten Ohrensessel im Flur gelegt.

„Willst du mich nicht wenigstens hereinbitten, oder fertigst du mich gleich hier ab?", fragt sie.

„Ich erwarte in ein paar Minuten einen Geschäftskunden", antworte ich. „Außerdem kannst du hier nicht einfach so auftauchen, wie es dir passt, Gillian!"

„Was funktioniert denn überhaupt bei uns?", will sie jetzt grantig wissen.

„Gillian!", rufe ich ungehalten.

„Was?", faucht sie und drängt sich an mir vorbei, um ins Wohnzimmer zugehen.

Genau das wollte ich verhindern.

Abrupt bleibt sie mitten im Raum stehen und sieht sich intensiv um. Die Fotos, die auf meinem Sekretär stehen, nimmt sie sofort ins Visier. Ich merke, wie mein Puls daraufhin steigt und ich kaum noch atmen kann. Am liebsten würde ich augenblicklich aus meiner Wohnung fliehen.

„Deine Frau war wirklich wunderschön", höre ich Gillian leise sagen. „Und sie ist der krasse Gegensatz zu mir."

Das stimmt.

Josephine stammte aus Brasilien und sie war eine dunkelhaarige Schönheit. Sie arbeitete als junge Frau in der Modelbranche und gründete später ihre eigene Agentur hier in New York. Kennengelernt haben wir uns vor zwanzig Jahren in einer Bar in London. Wir waren damals beide geschäftlich dort. Es war Magie auf den ersten Blick und ein halbes Jahr später waren wir bereits verheiratet. Trotz, dass wir beide beruflich viel unterwegs waren und uns wochenlang nicht sahen, verging unsere Liebe nicht. Im Gegenteil - das Wiedersehen feierten wir tagelang im Bett und standen nur auf, wenn wir Hunger hatten.

Und dann kam der große Schicksalsschlag für uns beide. Bei einer Routineuntersuchung stellten die Ärzte bei ihr einen bösartigen Tumor an der Leber fest und dieser hatte bereits gestreut.

„Ist sie der Grund, warum du mich noch nie in deine Wohnung eingeladen hast?", will Gillian wissen. Sie starrt dabei immer noch auf die Fotos von Josephine.

„Vielleicht", sage ich ausweichend.

„Sie hat auch die Wohnung eingerichtet und ich bin mir sicher, du hast seit ihrem Tod nichts verändert."

„Ich bin jetzt nicht in der Stimmung, um darüber zu reden", brumme ich.

„Wann dann?", fragt sie und dreht sich soeben zu mir um. Ihre braunen Augen nehmen mich sofort ins Visier. „Deine Frau ist vor drei Jahren verstorben, richtig?"

„Hmm."

„Wir kennen uns jetzt seit einem Jahr und du bist in dieser Zeit keine einzige Nacht bei mir geblieben. Mehr als ein paar Stunden hast du es in meiner Nähe nicht ausgehalten ..."

„Ich habe dir von Anfang an gesagt, dass ich keine Beziehung will. Und du ... hast dich darauf eingelassen. Du kannst mir nicht unterstellen, dass ich dich belogen oder benutzt habe. Zu mehr bin ich einfach nicht fähig, Gillian."

„Und ich bin nicht Pretty Woman."

„Die war auch rothaarig", knurre ich. „Und ich nicht Richard Gere, der die Feuerleiter hochklettert und die Prinzessin rettet und auch nicht Mr. Grey, der dir erst den Hintern versohlt und dir dann später weiße Rosen schickt", sage ich jetzt ziemlich ungehalten.

„Ich habe keine Ahnung, wer du wirklich bist, Aiden, aber ich mag dich verdammt gern."

„Ich dich auch, aber unser Plan sah anders aus."

„Es war von Anfang an dein Plan ..."

„Auf den du dich eingelassen hast", falle ich ihr ins Wort.

„Ja, ich dachte, du änderst vielleicht deine Meinung. Aber wenn ich mich in deiner Wohnung so umsehe, da ist deine verstorbene Frau allgegenwärtig. Überall stehen noch Fotos von ihr und egal, welche Frau in dein Leben kommen wird, sie hat zum derzeitigen Zeitpunkt keine Chance bei dir ... wenn überhaupt jemals."

Statt ihr zu antworten, schweige ich. Was soll ich ihr auch sagen? Dass sie recht hat und ich mich - außer nach ein paar Annehmlichkeiten - nicht nach einer neuen Beziehung sehne.

„Es ist besser, wenn ich jetzt gehe. Solltest du dich irgendwann entscheiden, eine ganze Nacht bei mir bleiben zu wollen, dann kannst du dich gern bei mir melden", sagt sie.

„Ich verstehe ... doch dieses Entweder-oder-Spiel ist nichts für mich."

„Also war es das jetzt mit uns?", fragt sie weinerlich.

„Unter den jetzigen Umständen denke ich das schon ..."

Gillian sieht mich daraufhin entsetzt an und sie hat sichtlich mit den Tränen zu kämpfen. Mir tut es für sie unendlich leid, aber ich kann ihr nicht das geben, was sie von mir erwartet.

„Dann wünsche ich dir alles Gute, Aiden", sagt sie und wendet sich ab.

„Das wünsche ich dir auch", rufe ich ihr nach, während meine Wohnungstür ins Schloss fällt.

***

Viel Zeit, um über das Gespräch mit Gillian nachzudenken, bleibt mir nicht, denn Keith fordert mit seinem ungehaltenen Klingeln an meiner Wohnungstür die volle Aufmerksamkeit.

„Wirst du verfolgt, oder warum machst du so einen Stress", blaffe ich ihn bereits beim Öffnen der Tür an.

„Ich muss vorsichtig sein", sagt er hastig und schiebt sich an mir vorbei, aber nicht, ohne sich nochmals vergewissert zu haben, ob ihm nicht doch jemand gefolgt ist.

„Oha", sage ich nur und habe jetzt schon kein gutes Gefühl. „Bourbon?", frage ich deshalb, weil ich noch weiß, dass er diesen Whiskey besonders mag und ich auch dringend einen brauche.

„Aber immer doch … und wenn du hast … eine ganze Flasche davon", erhalte ich als Antwort.

„Ist es so schlimm?", will ich wissen und bitte ihn ins Wohnzimmer.

Beim Betreten bemerkt er anerkennend: „Klassischer Wohnstil mit sehr teurer Ausstattung."

Ziemlich irritiert sehe ich ihn nach seiner Aussage an und frage: „Bist du unter die Raumausstatter gegangen, oder wie habe ich deine Bemerkung gerade zu verstehen?"

„Ich nicht, aber meine Mutter betreibt ein eigenes

Unternehmen. Schon als Kind habe ich sie zu manchen Aufträgen begleitet und dabei viel über die Lebensweise von Menschen gelernt."

„Aha", sage ich mit skeptischem Blick und schenke dabei den Whiskey ein.

„Mir kannst du gleich einen doppelten machen", ruft Keith und sieht sich - wie gerade Gillian auch - die Fotos meiner verstorbenen Frau an.

Zu meiner großen Erleichterung verliert er aber kein Wort darüber und lässt sich stattdessen auf die schwarze Ledercouch fallen.

Ich drücke ihm das Glas Bourbon in die Hand, was er nach dem Anstoßen sofort in einem Zug austrinkt und setze mich ihm gegenüber in den Sessel.

„Bist du auf Entzug, oder was ist mit dir los", frage ich.

Mein neugieriger Blick ruht auf ihm und obwohl seine Blessuren im Gesicht ihn momentan etwas entstellen, kann man seine italienischen Vorfahren noch gut erkennen. Wenn ich mich richtig erinnere, ist er gut zehn Jahre jünger als ich und ein typischer Lebemann.

Wir sind uns vor fünf Jahren in Südafrika zum ersten Mal über den Weg gelaufen, als er mir einen von besonderer Reinheit gezeichneten Rohdiamanten anbot. Dieser hatte zehn Karat, also wog er zwei Gramm und war ungefähr acht Millimeter groß. Da er keine Einschlüsse - wie zum Beispiel Kristalle oder Spannungsrisse - hatte, brachte mir dieses Exemplar stolze zehntausend Dollar beim Verkauf ein.

„Lebst du eigentlich auch hier in der Wohnung, oder ist sie nur dein Aushängeschild?", fragt er mich mit einem spöttischen Lächeln.

„Ähm ... was soll dieses Gefasel denn jetzt? Natürlich

lebe ich hier ... wo denn sonst?"

„War nur so eine Frage", wiegelt er ab. „Ich dachte nur, weil hier alles so peinlich genau aufgeräumt ist ..."

Ich weiß natürlich, was er mir damit andeuten will - ich funktioniere perfekt, aber richtig zu leben habe ich verlernt oder besser gesagt, mit dem Tod meiner Frau aufgegeben. In der Wohnung habe ich danach nichts verändert und achte peinlich darauf, dass alles genauso stehen und liegen bleibt, wie Josephine es zurückgelassen hat. Wirklich leben sieht anders aus. Aber im Moment ist das meine Art und Weise, mit ihrem Verlust umzugehen.

Jetzt bin ich es, der den restlichen Bourbon in einem Zug austrinkt und gieße danach sofort wieder neuen ein.

„Was war in Angola los?", frage ich jetzt, um das Thema zu wechseln.

„Oh ...", stöhnt Keith. „Dort war ich in der Hölle. Diese verfluchten Rebellen sind so was von skrupellos ... die haben mich nach dem Abschluss unseres Handels einfach gefangen genommen und mich zum Schuften in eine Diamantenmine gesteckt."

„Was machst du mit denen auch Geschäfte", bemerke ich abfällig. „Da du aber noch beide Hände besitzt, nehme ich an, du hast dich auf deren Angebot eingelassen."

„Was hatte ich denn für eine Wahl? Ich musste mit ansehen, wie sie zwei Typen die Hände mit einem Buschmesser einfach abgehackt haben, weil diese sich weigerten, für die Rebellen die Drecksarbeit zu machen. Glaubst du, wenn man das sieht, überlegt man noch?"

„Weniger ... wie bist du da wieder rausgekommen?", will ich wissen.

„Ich freundete mich mit so einem jungen Rebellen an ...

der war nicht älter als fünfzehn und durch ihn hatte ich einige Vorteile. Jedenfalls habe ich zwei Tage später von dem Überfall auf einen wertvollen Diamantentransport erfahren. Da die Rebellen zwar nicht zimperlich im Umgang mit Menschen sind, es ihnen aber an gewisser Intelligenz fehlt, konnte ich meinem neuen Freund ein paar wertvolle Informationen entlocken. Jedenfalls wusste ich ein paar Tage danach, wo sie die Diamanten im Lager versteckt haben. Da es mitten im Urwald keinen Hochsicherheitstrakt gibt und die Rebellen Tag und Nacht dem Alkohol und den Drogen frönten, bekam ich bald meine Chance. Mit einem Messer bewaffnet ... was ich meinem neuen Freund irgendwann mal entwendet hatte ... arbeitete ich mich Mann für Mann zu der verschlossenen Kiste ins Waffenzelt vor, in der die Diamanten sein sollten. Das Schloss davon war einfach zu knacken und ich holte mir alles heraus, was ich gebrauchen konnte ...“

„Zeig sie mir!“, unterbreche ich ihn.

Irgendetwas stimmt an seiner Geschichte nicht, da bin ich mir sicher. Nur kann ich es ihm momentan nicht beweisen.

Daraufhin holt er aus seiner Jackett-Innentasche eine kleine schwarze Schachtel heraus und öffnet sie vorsichtig. Dann stellt er sie auf den Couchtisch und schiebt sie bedächtig zu mir herüber. Es dauert nur Sekunden, bis ich den Wert des Inhalts der Schachtel erahnen kann.

Vor mir liegen Rohdiamanten, die nicht größer als einen halben Zentimeter und mindestens fünfhunderttausend Dollar wert sind. Davon ist der rote Diamant zweifellos der wertvollste von allen.

Doch genau dieser Stein lässt mich noch mehr an Keiths

Geschichte zweifeln.

„Seit wann wurden in Angola rote Diamanten gefunden?", frage ich deshalb.

„Ähm … keine Ahnung", stottert Keith.

„Pass auf! Ich mag es nicht, wenn man mich zum Narren hält, aber vielleicht muss ich dir noch einmal die Staaten aufzählen, wo diese roten Raritäten zu finden sind."

„Musst du nicht!", knurrt Keith.

„Anscheinend doch, denn in Angola wurden bisher nur farblose gefunden. Dieser Stein, der hier vor mir liegt, stammt entweder aus Brasilien, Russland, Australien oder Südafrika. Da Angola am nächsten an Südafrika liegt, schätze ich, dass er aus einer Mine von dort geschürft wurde."

„Wenn du es sagst", bemerkt Keith lapidar.

„Bist du eigentlich lebensmüde?", blaffe ich und springe vor Fassungslosigkeit auf.

Statt zu antworten schüttet sich Keith mächtig Whiskey nach.

Aufgeregt beginne ich, in meinem Wohnzimmer auf und ab zu laufen. „Du hast die Rebellen um rund eine halbe Million Dollar betrogen und bist hoffentlich nicht der Meinung, dass sie nicht wissen, wo sie dich finden können?"

„Was hättest du denn an meiner Stelle getan, Aiden?"

Das ist eine gute Frage.

Kurz nach dem Tod meiner Frau war mir mein Leben völlig egal. Ich hätte mich ohne Weiteres mit den Rebellen angelegt und wahrscheinlich gehofft, dass sie mich erschießen. Jetzt, mit etwas Abstand, hänge ich wieder mehr an meinem Leben, obwohl ich immer noch sehr waghalsig bin.

„Du hättest ihnen wenigstens *Danke* sagen können",

antworte ich.

„Ich dachte schon, du hast deinen Humor verloren", murrt Keith. „Also kommen wir ins Geschäft?"

„Ja ... wo sind die Zertifikate zu den Steinen?", will ich wissen und setze mich wieder in den Sessel.

„Die Zertifikate ...", wiederholt Keith und streicht sich dabei seine Haare aus dem Gesicht. „Die habe ich nicht. Dafür muss ich nach Südafrika ... zumindest denke ich, dass die Diamanten von dort sind."

„Du weißt es genau!", rufe ich aufgebracht, „und hör auf, mich zu verarschen. Du bist nicht in der Position, dass du dir irgendwelche Spielchen erlauben kannst. Ich fliege übermorgen dorthin und du wirst mich begleiten, wenn du willst, dass ich dir die Steine abkaufe."

„Du hast dir die Diamanten noch nicht mal genauer angesehen", bemerkt Keith und scheint beleidigt.

Das muss ich auch nicht.

Allein schon der äußerst seltene rote Diamant reicht mir, um zu wissen, was für ein Wert vor mir liegt. Aber ohne Zertifikate sind sie nur die Hälfte wert oder es wird verdammt schwer, sie an seriöse Händler weiterzuverkaufen.

Natürlich erinnere ich mich noch gut an die Worte des Vorsitzenden des Diamond Traders Clubs, Mr. De Groot, der die Diamanten aus Angola unbedingt haben wollte. Was ich nicht verstehe: warum er ignorierte, dass der rote Diamant nie in Angola geschürft worden sein kann, denn er hat es mit keinem Wort erwähnt.

Meine gerade erwachte Neugier sucht förmlich nach einer Antwort und außerdem will ich herausfinden, was es mit Mr. De Cooks gefälschten Zertifikaten auf sich hat. Wenn meine Befürchtungen richtig sind, spielt nicht nur Keith mit manipulierten Karten.

„Trinken wir auf die Diamanten", sage ich zu ihm und gieße in unsere Gläser reichlich Whiskey nach.

Kapitel 3

G nadenlos scheint mir zwei Tage später die Sonne Pretorias, der Hauptstadt von Südafrika, beim Verlassen der Privatmaschine ins Gesicht.

Keith, der neben mir mit dunkler Sonnenbrille läuft, stöhnt und flucht aufgebracht: „Leute … es ist November und ich komme aus dem nasskalten New York … warum ist es hier so verdammt drückend schwül?"

„Sei doch froh und außerdem … so schlimm ist es nicht. Das macht eher der Alkohol in deinem Blut", bemerke ich und bin sichtlich genervt.

Ich könnte es ja noch verstehen, wenn er sich aus Angst vor der Rache der Rebellen – obwohl ich der Story keinen Glauben schenken will - mit Whiskey betäubt, aber nicht, weil er die Flugbegleiterin so unwiderstehlich fand und sich immer wieder von ihr bedienen lassen wollte. Deshalb werde ich für den Rückflug dafür sorgen, dass Keith eine Linienmaschine nimmt. Dieses Chaos möchte ich nicht noch einmal miterleben.

Ich bin sowieso nicht besonders glücklich darüber, dass ich mit ihm im Schlepptau meine Geschäfte erledigen muss. Da ich aber großes Interesse an seinen mir angebotenen Rohdiamanten habe und ich außerdem Mr. De Cook helfen möchte – wir haben uns gestern Morgen noch getroffen und er hat mir die geschliffenen Diamanten mit den dazugehörigen gefälschten Zertifikaten übergeben - hatte ich keine andere Wahl.

Das stimmt nicht ganz - man hat immer eine Wahl.

Außerdem darf ich den eigentlichen Grund meiner Reise nicht aus den Augen verlieren.

Josephine hat damals auf unserer Hochzeitsreise durch den Kruger Nationalpark eine Patenschaft für eine Elefanten-Waise übernommen und jedes Jahr sind wir erneut dorthin geflogen, um die mittlerweile erwachsene Kuh zu besuchen. Sie wurde bei der Auswilderung mit einem Sender versehen und kann dadurch geortet werden. Nach Josephines Tod habe ich die Patenschaft übernommen und es wird langsam Zeit, meinen Verpflichtungen wieder nachzukommen.

„Hey", ruft Keith und stößt mich unsanft an. „Nehmen wir ein Taxi zum Hotel oder werden wir abgeholt?"

„Da steht schon unser Shuttle-Service", sage ich und nicke in die Richtung, wo eine schwarze Limousine am Rande der Landebahn des Privatflugplatzes wartet.

„Und warum steht da ein bewaffneter Einheimischer davor?", fragt Keith argwöhnisch.

„Weil ich dich jetzt gleich verhaften lasse!"

„Was? Du bist ein Arschloch, Collister!", flucht er.

Irgendwie kann ich mir ein hämisches Grinsen nicht verkneifen, als ich sage: „Krieg dich wieder ein. Er ist zu unserer Sicherheit hier."

Immerhin führen wir Diamanten im Wert von fast einer Million Dollar mit uns und deshalb habe ich Personenschutz angefordert. Außerdem arbeite ich schon seit vielen Jahren mit Mr. Johnson zusammen, denn er kennt sich wie kein anderer in Südafrika aus und bringt mich an die entlegensten Orte.

Als wir bei der Limousine ankommen, begrüße ich Mr. Johnson mit einem festen Handschlag. Keith dagegen schweigt und steigt nur zögerlich hinten in das Auto ein. Meine Bemerkung über seine Festnahme scheint ihn schwer getroffen zu haben.

Ich setze mich, wie immer, neben Mr. Johnson. Das hat zwei Gründe: Erstens können wir so besser miteinander reden und für mich sind das immer sehr informative Gespräche. Zweitens ist es mir so möglich, mich im Seitenspiegel des Autos rückzuversichern, ob wir eventuell verfolgt werden. Als Diamantenhändler lebt man immer etwas gefährlicher, weil wir meistens kostbare Ware mit uns führen.

Die Straße hinein in Pretorias Stadtzentrum ist rechts und links von den violett-blau blühenden Jacaranda-Bäumen gesäumt. Dieses Naturschauspiel aus insgesamt siebzigtausend Bäumen kann man nur im November – und auch nur in Pretoria und dem benachbarten Johannesburg – bestaunen. Es wird vermutet, dass Ende des 19. Jahrhunderts diese Bäume von Seefahrern von ihren Reisen aus Südamerika und Australien eingeführt wurden.

Zu fast jeder Tageszeit ist die Straße in Richtung Zentrum stark befahren und deshalb kommen wir auch nur langsam voran. Ich nutze diese Zeit und konfrontiere Mr. Johnson mit meinem Plan für den nächsten Tag. „Ich möchte morgen nach Musina und der ansässigen Diamantenmine einen Besuch abstatten", beginne ich.

„Morgen schon?", fragt er skeptisch. „Wollen Sie fliegen oder mit dem Auto fahren? Bedenken Sie bitte, Mr. Collister, die Fahrt dahin dauert fast fünf Stunden … das sind ungefähr vierhundertsiebzig Kilometer von hier bis nach Musina."

„Das ist mir bewusst, Mr. Johnson, denn wie Sie wissen, war ich schon oft dort … aber ich habe ein Treffen mit dem Inhaber der Mine und dieser hat nur morgen Zeit für mich. Besteht trotzdem eine Möglichkeit?", frage ich schon fast kleinlaut, denn mir ist bewusst, was ich von ihm verlange.

„Was willst du denn dort?", blafft Keith von der Rückbank.

Die Antwort bleibe ich ihm schuldig, weil es ihn nichts angeht. Stattdessen knurre ich: „Du weißt doch, was du zu tun hast!"

„Schon klar!", mault Keith.

Mr. Johnson steuert jetzt auf der Schnellstraße die Limousine geschickt durch den dreispurigen Verkehr und mein Blick fällt immer wieder in den Seitenspiegel. Eine Frau in einem weißen Coupé fährt uns schon seit ein paar Minuten – jedoch mit genügend Abstand - hinterher. Das muss jetzt nichts bedeuten, trotzdem bleibe ich wachsam.

Als wir endlich eine halbe Stunde später - Keith ist irgendwann auf der Rückbank eingeschlafen - in die Seitenstraße zum Hotel einbiegen, ist plötzlich das weiße Coupé verschwunden, was bis dahin immer mal wieder in meinem Blickfeld auftauchte. Sehr merkwürdig, denke ich, aber vielleicht wollte die Fahrerin auch nur in die gleiche Richtung wie wir.

„Ich sehe, was ich tun kann, Mr. Collister", sagt mein Fahrer zum Abschied. „Ich melde mich bei Ihnen."

„Danke, Mr. Johnson und ich hoffe, dass wir uns morgen sehen."

Um Keith aus seinem Tiefschlaf zu wecken, reiße ich die Autotür auf und gebe ihm einen leichten Schlag auf den

Arm. Dieser schreckt sofort davon auf und faselt irgendwelches wirres Zeug. Da ich keine Lust habe, mir das anzuhören, hole ich in der Zwischenzeit mein Gepäck aus dem Kofferraum.

„Werde wieder nüchtern", zische ich ihn an, als wir Minuten später das Hotel betreten.

Wenn ich in Pretoria bin, steige ich immer hier in diesem Gebäude ab, denn es hat noch den typischen alten englischen Charme. Am Empfangstresen erwartet uns eine besonders entzückende junge Frau und Keith verfällt sofort wieder in seinen Jagdmodus. Eine kurze Zeit höre ich mir sein Geschwafel an, doch als selbst die Frau genervt die Augen verdreht, schreite ich ein.

„Nehmen Sie ihm bitte sein aufdringliches Verhalten nicht übel. Er hatte vor Kurzem einen schweren Unfall und steht noch unter starken Medikamenten."

„Ich würde eher sagen, Alkohol … und Sie müssen sich nicht für ihn entschuldigen, Mr. Collister. Sie sind hier immer ein gern gesehener Gast."

„Ihr könnt mich ruhig in euer Gespräch mit einbeziehen", mault Keith und schnappt sich beleidigt seine Schlüsselkarte, die die junge Frau uns gerade aushändigt.

„Wenn du wieder nüchtern bist, gern", brumme ich und nehme meine Karte an mich. Daraufhin bedanke ich mich noch einmal überschwänglich bei der Empfangsdame, packe Keith am Arm und ziehe ihn mit mir zum Fahrstuhl.

„Bekommst du es hin, dich weniger auffällig zu verhalten?", fauche ich und lasse ihn ziemlich ungehalten los.

„Reg dich ab. Du bist nicht mein Vater!"

„Nein. Da hast du recht. Eigentlich kann mir dein Schicksal völlig egal sein. Wir sind nur Geschäftspartner!" Mit viel Wut im Bauch drücke ich auf den Knopf des Fahrstuhls und warte ungeduldig auf dessen Ankunft. Gerade will ich mit meinem Gepäck eintreten, da schiebt mich Keith grob zur Seite und raunt mir zu: „Wir nehmen die Treppen."

„Was?", frage ich und bin irritiert.

„Geh einfach! Wir werden verfolgt!"

Jetzt mit Keith eine Diskussion anzufangen, halte ich für nicht ratsam. Deshalb füge ich mich vorläufig und laufe in Richtung Treppenaufgang los. Da ich noch keine Ahnung habe, wer der Verfolger sein soll und ich mir auch nicht sicher bin, ob Keith vielleicht irgendwelche Halluzinationen entwickelt hat, nehme ich zwei Treppenstufen auf einmal. Oben auf dem ersten Treppenabsatz drehe ich mich um und sehe aber niemanden hinter uns.

„Lauf weiter", knurrt Keith. „Sie darf nicht wissen, auf welcher Etage wir wohnen."

„Sie?", frage ich ungläubig und gehe tatsächlich weiter.

„Ja, du Amateur. Sie verfolgt uns, seit wir den Flugplatz verlassen haben."

„Meinst du etwa die Frau im weißen Coupé?"

„Hast du sie doch bemerkt? Hellbraune Haare zum Pferdeschwanz gebunden und dunkelblauer Anzug."

„Was sie genau anhatte, konnte ich nicht sehen ... aber die Haarfarbe stimmt schon mal", sage ich. „Ich habe sie nur dadurch bemerkt, dass sie uns eine Zeit lang hinterhergefahren ist. Vor dem Hotel war sie jedoch plötzlich verschwunden."

Mittlerweile sind wir in der dritten Etage angekommen – da, wo sich unsere Zimmer befinden - und ich höre, wie der Fahrstuhl hält und sich die Türen öffnen. Geistesgegenwärtig rennen wir - statt den Hotelflur zu betreten - ins vierte

Obergeschoss. Keith checkt dort zuerst den Fahrstuhl und ich danach den Hotelflur. Zu unserer beider Erleichterung ist niemand zu sehen.

„Wenn wir Pech haben, hat sie sich auf unserer Etage ein Zimmer genommen", sagt Keith.

„Dann muss sie aber genauestens über uns informiert sein. Immerhin habe ich erst gestern telefonisch die Zimmer reserviert", erzähle ich nachdenklich.

„Sehr suspekt!", murrt Keith. „Aber wenigstens ist sie hübsch", setzt er nach.

Nicht schon wieder, jammere ich tonlos, obwohl er recht hat.

Wir verharren noch eine Zeit lang in der vierten Etage und als nichts weiter passiert, entschließen wir uns, endlich unsere Zimmer aufzusuchen.

***

Auf dem Flur im dritten Stockwerk ist es menschenleer und so können wir ungesehen in unsere jeweiligen Zimmer verschwinden.

Drinnen angekommen, sichere ich zuerst die Diamanten mit den gefälschten Zertifikaten von Mr. De Cook im Zimmersafe, ziehe danach mein Jackett aus und schmeiße es auf das Bett, lockere mir voller Ungeduld den Schlipsknoten und öffne den Kragen an meinem blauen Hemd. Es ist wirklich verdammt warm hier im Gegensatz zu New York.

Dann lasse ich mich nach hinten aufs Bett fallen und döse eine Zeit vor mich hin. Doch irgendwann treibt mich meine innere Unruhe wieder hoch und ich checke zuerst an meinem Laptop die eingegangenen E-Mails. Danach werfe ich einen kurzen Blick auf bestimmte Börsenkurse und überlege mir dabei, wie ich morgen mein doch sehr heikles Anliegen bei dem Inhaber der größten Diamantenmine, Mr. De Beek, hier in Südafrika, vorbringe.

Irgendwann plagt mich der Hunger und ich lasse mir vom Zimmerservice eine Kleinigkeit zu essen bringen. Das reicht mir für heute, denn die Klimaumstellung ist mir wohl doch etwas auf den Magen geschlagen.

Kaum habe ich fertig gegessen, da klopft es an meiner Tür. Da ich niemanden erwarte, greife ich zu meiner Pistole, die im Hosenbund am Rücken steckt. Erst dann öffne ich vorsichtig einen Spalt die Tür und entdecke Keith davor. Ohne zu fragen, was er will, lasse ich ihn ein, biete ihm aber keinen Platz an.

„Bist du bereit?", fragt er mich.

„Für was denn?", will ich wissen und bin sichtlich überrascht. „Ich wüsste nicht, dass wir uns für heute noch einmal verabredet haben", sage ich deshalb.

„Ich habe jemanden ausfindig gemacht, der mir noch einen Gefallen schuldet!", erklärt Keith.

„Das ging aber schnell", bemerke ich, mit einem unterschwelligen Ton und knöpfe mir dabei meinen Hemdkragen wieder zu, richte meine Krawatte und greife zu meinem Jackett, was immer noch auf dem Bett liegt.

„So willst du jetzt gehen?", fragt mich Keith mit einer Mischung aus Unverständnis und Abscheu. „Wir fahren in das Elendsviertel von Pretoria und ich glaube, da ziehst du mit deinem Seidenhemd und deiner versnobten Anzugsordnung die falschen Blicke auf dich."

„Einen besseren Ausflugsort konntest du wohl nicht finden? Außerdem glaube ich, hast du ganz andere Probleme, als dich um mein Auftreten zu kümmern", blaffe ich.

„Im Gegensatz zu dir will ich das Viertel lebend wieder verlassen! Was ist eigentlich überhaupt los mit dir? Früher warst du der coole Typ, den ich immer bewundert habe. Und jetzt läufst du rum wie ein Snob. Wo ist der alte Aiden, verflucht?"

„Was interessiert dich das?", murre ich, lockere mir meine Krawatte wieder, nehme sie daraufhin ganz ab und schmeiße sie auf den freien Stuhl.

„Wir können gehen", sage ich finster und öffne die Tür.

Keith folgt mir aus unerklärlichen Gründen nur zögerlich und faselt irgendetwas Unverständliches vor sich hin. Ich will gar nicht wissen, was er da von sich gibt.

Kapitel 4

Da ich Mr. Johnson natürlich nicht so schnell für unseren Überraschungsausflug ordern konnte, nehmen wir uns ein Taxi, was vor dem Hotel bereits auf eventuelle Gäste wartet.

Als Keith dem Fahrer unser Ziel verrät, verlangt dieser plötzlich das Doppelte an Gebühren. Daraufhin versucht Keith noch zu verhandeln, doch ich falle ihm ungehalten ins Wort und bestätigte den horrenden Preis, denn sonst stehen wir in einer halben Stunde noch hier und diskutieren darüber.

„Dann zahlst du das aber", knurrt Keith neben mir.

Ich sage dazu gar nichts und bereue es jetzt schon, mich auf diese Mission überhaupt eingelassen zu haben. Doch um jetzt noch auszusteigen ist es bereits zu spät.

Im rasanten Tempo - ich glaube der Taxifahrer will diese Fahrt genauso schnell hinter sich bringen wie ich - rasen wir die dreispurige Autobahn entlang und die modernen Bauten und Hochhäuser, die in Pretoria vor allem in den letzten zwanzig Jahren entstanden sind, rauschen an uns vorbei.

Kaum haben wir die Stadt verlassen, bietet sich mir ein grotesker Anblick. Die Autobahn führt direkt durch das Elendsviertel von Pretoria und von einer Anhöhe erscheint das Gebiet so groß, dass es gut und gerne einer Großstadt gleichkommt. Die eng aneinander gereihten Blech- und Holzhütten sehen von Weitem aus, als würde man auf eine riesige Mülldeponie blicken. Und genau dieses von Gewalt, Arbeitslosigkeit, Hunger und Hoffnungslosigkeit erschütterte Gebiet ist unser Ziel.

Vor Anspannung öffne ich einen weiteren Knopf am Hemd und plötzlich fühlt sich mein Mund ganz trocken an.

Nur unter gutem Zureden und vor allem mit viel Geld bringen wir den Taxifahrer dazu, dass er uns zu der Adresse mitten ins Viertel bringt, die Keith ihm mitteilt und - dass er dort auch auf uns wartet.

***

Fast eine halbe Stunde fahren wir jetzt schon auf der Suche zu der besagten Adresse durch das Elendsviertel und ich habe mittlerweile so viele ernüchternde Eindrücke gesammelt, dass diese für den Rest meines Lebens reichen. Am Straßenrand sah ich kleine Kinder sitzen, die in ölverschmutzten Pfützen spielten, bewaffnete Jugendliche patrouillierten die ausgefahrenen Wege entlang und allein der faulige und nach Fäkalien stinkende Geruch schlägt mir auf den Magen.

„Wir sind da!", sagt der Taxifahrer und sieht sich ängstlich um. „Das erste Geld bekomme ich sofort".

„Natürlich!", murmle ich und ziehe aus meiner Hosentasche ein Bündel Geldscheine. Schnell zähle ich eintausendvierhundert *Rand* ab - so heißt die Währung hier in Südafrika und das sind umgerechnet rund einhundert US-Dollar - und gebe sie ihm. „Reicht das für den Anfang?", frage ich.

„Ja!", knurrt er und lässt das Geld in der Brusttasche seines karierten Hemdes verschwinden.

„Wurde auch Zeit, dass wir endlich da sind", murmelt Keith neben mir und steigt aus dem Taxi.

Ich folge ihm, doch vorher versichere ich mich, ob wir nicht schon erwartet werden. Momentan zieht das Taxi nur wenige neugierige Blicke auf sich.

Hoffentlich bleibt das auch so.

Keith hat zwischenzeitlich an einer Tür der vielen nebeneinanderstehenden Hütten angeklopft und heraus kommt ein Einheimischer in einem verschmutzten weißen ärmellosen Shirt, einer zerfetzten Hose und etlichen Blessuren im Gesicht.

Was für ein abstoßender Anblick.

Mit einer Portion Vorsicht folge ich Keith und betrete mit enormer Skepsis das Haus, was man eher als Holzverschlag bezeichnen könnte. Als ich zu meiner großen Überraschung noch fünf kleine Kinder und eine Frau entdecke, fühle ich mich richtig schlecht.

Die Hütte ist nicht größer als fünfzehn Quadratmeter, schätze ich. Darin befindet sich eine Kochstelle, ein großes Bett, wo wahrscheinlich - wie auch immer - alle darin schlafen, ein Tisch mit vier Stühlen und in der Ecke kann ich sowas wie einen Kleiderschrank ausmachen. Fenster gibt es keine und die einzige Lichtquelle im Raum ist eine flackernde Glühbirne, die an der Decke hängt.

„Neil, du hast es zu etwas gebracht", zischt Keith und sieht sich mit abwertenden Blick um. „Immerhin wohnst du schon mal in einer Holzhütte und nicht mehr in dem Blechverschlag, wie früher."

„Was willst du hier mit deinem versnobten Begleiter",

schnarrt Neil, betrachtet mich abfällig und setzt sich dabei an den Tisch.

„Ich brauche echte Zertifikate für Diamanten", blafft Keith und bringt damit unser Anliegen ohne Umschweife zur Sprache.

Als Neil das hört, grinst er Keith nur dümmlich an. Dieser baut sich deshalb vor dem Tisch auf und stemmt die Hände darauf ab. Dann beugt er sich etwas nach vorn und spricht leise weiter: „Du weißt, wer die mir ausstellen kann!"

Neil verzieht daraufhin sein Gesicht zu einer hämischen Grimasse und fragt: „Warum sollte ich ausgerechnet dir das erzählen?"

„Weil du nur noch wegen mir deine beschissenen Hände hast", ruft Keith aufgebracht.

Sekunden später sehe ich, wie ein Messer in Richtung von Neils rechter Hand saust und diese damit durchbohrt wird. Das Messer bleibt mit der Hand im Tisch stecken. Neil brüllt laut los und daraufhin schnappt sich die Frau ihre fünf Kinder, treibt sie so schnell wie möglich aus der Hütte hinaus und knallt die Tür hinter sich zu. Ich greife zur Vorsicht an meine Pistole und behalte meine Hand dort.

„Du blödes Arschloch", schreit Neil und versucht, mit der linken Hand das Messer herauszuziehen. Doch Keith ist sofort bei ihm und reißt ihm den linken Arm auf den Rücken. „Du schuldest mir noch etwas und ich will nur einen beschissenen Namen von dir! Mehr nicht. Ohne mich hättest du damals Angola als toter Mann verlassen!"

Damals?

„Ist ja gut", wiegelt Neil ab. Doch in seinen Augen spiegelt sich der pure Hass wieder.

Irgendwie habe ich das Gefühl, dass er Keith – auch unter

schmerzhaften Umständen - nichts sagen will. Also packe ich erneut in meine Hosentasche, ziehe ein Bündel Geldscheine heraus und schmeiße es vor Neil auf den Tisch. Da er nicht danach greifen kann, stiert er fassungslos darauf. Um meinem Angebot etwas Nachdruck zu verleihen, hole ich meine Pistole heraus, entsichere sie und ziele auf Neils Kopf. „Du solltest wissen, dass ich kein geduldiger Mensch bin und mir dein Verhalten mächtig auf die Nerven geht. Also verrate Keith verdammt nochmal den Namen und schon sind wir wieder verschwunden."

„Glaubst du, nur weil du diese feinen Klamotten trägst, hast du das Recht, mich zu bedrohen?", schnauft Neil und verzieht sein Gesicht vor Schmerzen.

„Nein, weil ich sonst dafür sorgen werde, dass du im Gefängnis landest, wenn ich der Polizei erzähle, dass du mit *Blutdiamanten* handelst."

„Ich habe eine Familie zu ernähren, du Arschloch. Du hast doch von den Problemen hier gar keine Ahnung", sagt er mit einem Hauch Hoffnungslosigkeit.

Da muss ich ihm recht geben. Aber ich bin nicht so ahnungslos, wie er denkt.

„Wir verschwenden hier unsere Zeit", knurrt Keith und will mit der einen Hand nach dem Geld auf dem Tisch greifen. Mit der anderen hält er immer noch den Arm von Neil fest.

„Warte!", sage ich. „Wie viel Geld willst du, damit du uns den Namen verrätst?"

„Nochmal so viel wie auf dem Tisch liegt."

Ich blicke über die Geldscheine und schätze, dass dort umgerechnet fünfhundert Dollar liegen. Das ist ein winziger Bruchteil von dem, was die besagten Diamanten wert sind.

„Okay. Das bekommst du", sage ich. Daraufhin senke ich meine Pistole, sichere sie und stecke sie wieder ein. Dann hole ich aus meiner Hosentasche erneut Geld heraus.

„Du willst den doch nicht etwa bezahlen!", entrüstet sich Keith.

„Halt die Klappe", nuschle ich und wedle mit dem Bündel Geldscheinen vor Neils Gesicht herum. „Den Namen, bitte!"

Neil sieht mich mit seinen blutunterlaufenen Augen an und wenn er könnte, würde er mir ins Gesicht schlagen. „Edward Bright", nuschelt er. „Dieser Mistkerl ist genauso ein beschissener Weißer wie ihr es seid."

„Da hätte ich auch selbst darauf kommen können", flucht Keith.

„Du kennst ihn?", frage ich.

„Und ob", sagt Keith abfällig und spuckt vor Abscheu auf den Boden. Dann lässt er den Arm von Neil los und zieht sein Messer wieder aus dem Tisch nebst Hand.

„Was ist jetzt mit meinem Geld?", knurrt Neil.

„Das, was ich in der Hand halte, gebe ich deiner Frau, damit sie deine Kinder dafür in die Schule schickt und sie nicht so ein erbärmliches Leben führen müssen wie ihr Vater."

Ohne auf Neils Antwort zu achten, die sowieso nur beleidigend ist, reiße ich die Tür auf und stürze hinaus. Von der Sonne geblendet, sehe ich weder unser Taxi noch die Frau mit den Kindern, sondern blicke in die Läufe von drei Maschinengewehren.

Unser Besuch scheint sich rumgesprochen zu haben.

„Was soll das jetzt?", blaffe ich und statt einer Antwort bekomme ich einen Gewehrkolben in die Magengrube gerammt. „Verflucht!", stöhne ich und krümme mich vor

Schmerzen.

Keith, der hinter mir steht, geht es nicht anders, denn auf ihn stürzen sich gleich zwei der Einheimischen. Er wehrt sich wie ein wildes Tier und gerade will ich ihm helfen, da erhalte ich einen heftigen Schlag auf den Kopf und mir wird schwarz vor Augen.

Plötzlich sehe ich meine verstorbene Frau Josephine vor mir und sie lächelt mich an. Automatisch strecke ich die Hand nach ihr aus, doch anstatt mir ihre zu geben, schüttelt sie nur den Kopf und rennt einfach weg. Wie besessen schreie ich ihren Namen, doch sie läuft weiter, ohne sich nochmals umzudrehen.

Auf einmal fällt ein Schuss, nein, Moment, es fallen noch weitere. Eine Frau brüllt strikte Befehle und jemand rüttelt mich leicht. „Josephine?", murmle ich.

„Aiden! Komm zu dir!"

„Wer sind Sie?", frage ich, unfähig, meine Augen zu öffnen. Die Schmerzen im Kopf sind unerträglich und ich kann dadurch keinen klaren Gedanken fassen.

„Ich bin es, Keith! Wir sind hier in diesem verdammten Elendsviertel. Aiden, mach' die Augen auf!"

Bei dem Wort *Elendsviertel* beginnen meine Gehirnzellen wieder zu arbeiten, zwar nur schwerfällig, aber irgendwie habe ich zumindest verschwommene Bilder vor mir.

„Wir müssen ihn zum Auto bringen", sagt eine mir unbekannte weibliche Stimme.

Die Idee an sich ist perfekt.

Nur ist das Taxi einfach weggefahren – und außerdem war weit und breit kein funktionsfähiges Fahrzeug in Sicht.

„Mr. Collister! Können Sie aufstehen?", fragt mich die Frau.

„Ja ...", nuschle ich und versuche, zuerst die Augen zu öffnen, was mir nach drei Versuchen endlich gelingt.

Verflucht! Ist das hell.

Ich glaube, zum Sterben ist heute doch noch nicht der richtige Zeitpunkt gekommen.

„Warum wolltest du mir unbedingt helfen?", flucht Keith und zerrt mich am Arm hoch.

Nur mit Mühe komme ich wieder auf die Beine und mein Kopf schmerzt höllisch. Allerdings beginnt beim Anblick der Frau mein Gehirn auf Hochtouren zu arbeiten, denn sie ist die gleiche Person, die uns heute in dem weißen Coupé vom Flughafen gefolgt ist.

Und woher kennt sie überhaupt meinen Namen?

„Wir müssen hier schnellstens weg!", raunt sie mir zu und hakt mich rechts unter. Keith stützt mich von links und tatsächlich steht nur ein paar Meter weiter das weiße Coupé von ihr. Sie ist uns auch in das Elendsviertel gefolgt.

Wer ist diese Frau überhaupt?

Und noch eine andere Frage stellt sich mir: Wo sind die drei schmuddeligen Einheimischen mit ihren Maschinengewehren hin?

„Die nette Lady hat sie alle verscheucht", berichtet mir Keith. Er scheint meine Gedanken erraten zu haben.

„Und die Schüsse?", nuschle ich.

„Keine Ahnung, ob sie lebensgefährlich für die Bastarde waren", bemerkt er süffisant, während mich beide zum Auto schleppen.

„Wer hat die denn abgefeuert?", will ich wissen.

„*Sie* hat uns gerade den Arsch gerettet", bemerkt Keith und nickt dabei in ihre Richtung.

„Oha ...", sage ich.

Nach nur wenigen Metern sind wir endlich am Auto angekommen und Keith schiebt mich förmlich auf den Beifahrersitz. Er hingegen krabbelt etwas umständlich auf die Rückbank, während die Frau sich auf den Fahrersitz fallen lässt. Ohne Verzögerung startet sie den Motor und bevor sie losfährt, drückt sie mir eine Packung Taschentücher in die Hand, die in der Mittelkonsole lag und sagt: „Sie müssen sich eins davon ganz fest auf Ihre Kopfwunde drücken."

Da mir nicht so richtig klar ist, wo sich die Wunde befindet - weil der gesamte Kopf sich wie zerschmettert anfühlt - hilft sie mir dabei, indem sie ein Tuch aus der Verpackung zieht und es vorsichtig auf die rechte Schläfe drückt. „Schön festhalten …"

„Autsch", sage ich und verziehe mein Gesicht zu einer bestimmt fürchterlich aussehenden Grimasse.

„Die Wunde muss genäht werden!", bemerkt sie im scharfen Ton zu mir und startet das Coupé.

Sekunden später drückt es mich in den Sitz und mit einer riesigen Staubwolke hinter uns verlassen wir im Eiltempo das Elendsviertel. Noch einmal ziehen die Holz- und Blechhütten an mir vorbei und auch die im Dreck spielenden Kinder.

Als wir endlich auf die Autobahn fahren, chauffiert sie den Wagen mit teilweise riskanten Überholmanövern durch den dichten Verkehr.

„Ich sterbe noch nicht", bemerke ich mit einem irritierten Blick zu ihr.

„Männer sterben bereits bei einer Grippe … und für Ihre doch recht übel aussehende Kopfwunde sind Sie wirklich in noch guter Verfassung. Aber um Sie zu beruhigen … ich fahre nicht wegen Ihnen so schnell, sondern weil wir verfolgt werden."

„Verfluchte Scheiße", dröhnt es vom Rücksitz. „Wer ist das denn?"

„Wahrscheinlich hat doch der eine oder andere von diesen widerlichen Kerlen überlebt", grollt sie.

Den Kopf zu drehen und in den Seitenspiegel nach den Verfolgern zu sehen fällt mir verdammt schwer und ich kann auf die Schnelle kein passendes Fahrzeug ausmachen.

Wie auch - bei der Fahrweise.

„Haben Sie eigentlich auch einen Namen?", will ich von ihr wissen, obwohl ich die Frage eigentlich nur *denken* wollte, denn ich kann verdammt schlecht mit Personen umgehen, die ich nicht zuordnen kann.

„Suchen Sie sich einen Namen aus", erhalte ich als Antwort.

Was soll das denn bitte?

„Sie werden doch einen haben!", blaffe ich.

„Später ...", weicht sie mir aus.

Ich kann ja verstehen, dass sie uns bei ihrer Fahrweise jetzt nicht von ihrem Leben erzählen will, aber es wird doch wohl möglich sein, uns ihren Namen zu verraten.

„Also ich tippe auf Samantha oder Juliet", wirft Keith von der Rückbank ein. „Oder haben Sie eher einen peinlichen Vornamen ... wie Blue West oder Edinburgh South ... und können wir nicht *DU* zueinander sagen? Dieser förmliche Redescheiß geht mir echt auf die Nerven."

„Ja ...", sagt sie.

„Wie ja ... heißt du echt so bescheuert?", johlt Keith.

„Nein, du Blödmann!", knurrt sie und fährt genau in diesem Moment scharf von der Autobahn ab. Ein paar Meter weiter ignoriert sie eine rote Ampel, danach wendet sie im

Kreuzungsbereich und gerät dabei auf die Gegenfahrbahn. Dessen noch nicht genug, biegt sie an der nächsten Kreuzung in eine Einbahnstraße ab, allerdings in die entgegengesetzte Richtung. Die nicht zu überhörenden hupenden Autos und deren wild gestikulierenden Fahrer lassen sie unbeeindruckt.

„Wow! Wo hast du denn so fahren gelernt?", fragt Keith und klatscht in die Hände. Ich bin mir allerdings nicht sicher, ob aus Angst, Anspannung oder Freude.

„Bei meiner Ausbildung im *Nahen Osten*", antwortet sie und hält den Wagen kurz an. Dann versichert sie sich zuerst im Rückspiegel und danach in den zwei Seitenspiegeln. „Sie scheinen weg zu sein", murmelt sie und fährt langsam wieder los.

„Du meinst die Verfolger?", fragt Keith skeptisch.

„Ja, wer denn sonst?", antwortet sie und klingt dabei leicht genervt.

Mich hingegen beschäftigt vielmehr, welche Ausbildung sie im *Nahen Osten* absolvierte und ob das damit zu tun hat, warum sie uns ihren Namen nicht verrät.

Wieso rettet sie uns überhaupt den Hintern?

„Wer hat dich geschickt?", frage ich deshalb.

„Können wir das bitte im Hotel klären, wenn ihr in Sicherheit seid?"

„Aber deinen Namen verrätst du uns noch ... komm schon, schöne Frau", säuselt Keith.

Oh nein, nicht diese Nummer wieder!

Für drei Atemzüge herrscht ein beklommenes Schweigen im Auto - bis ich den Namen *Josefine* höre.

„Autsch!", sagt Keith bedeutungsschwer.

Ich hingegen rutsche daraufhin tiefer in den Autositz.

Mein Kopf schmerzt noch höllischer und mein Magen überlegt gerade, ob er das Essen von vor zwei Stunden wieder ans Tageslicht befördern soll.

„Tut mir leid", flüstert sie neben mir.

Sie muss genau wissen, wer ich bin, denn warum sollte sie sich sonst dafür entschuldigen.

„So schlimm finde ich deinen Namen nicht", röchle ich und tue so, als würde es mir nichts ausmachen, dass sie wie meine verstorbene Frau heißt. In Wirklichkeit plagt mich Herzrasen und ein heftiger Schweißausbruch, den ich sonst nur bei einem Saunabesuch habe. Es dauert nur ein paar Sekunden, bis die ersten Tropfen von meiner Stirn sich zu den Blutflecken auf meiner Tuchhose gesellen.

Reiß dich zusammen, ermahne ich mich innerlich.

Im Hotel werde ich klären, wer sie wirklich ist und was sie von uns will. Dass sie etwas mit den gestohlenen Diamanten in Angola zu tun hat, das glaube ich kaum.

Doch wer hat sie dann geschickt?

Kapitel 5

D er Hotelarzt begutachtet gerade meine Kopfwunde und schüttelt dabei immer wieder seinen Kopf. „Da haben Sie aber einen bösen Schlag abbekommen", sinniert er vor sich hin, während er die Spritze für das Betäubungsmittel aufzieht. „Wie ist das denn passiert?", will er außerdem noch wissen.

Ihm die ungeschminkte Wahrheit zu erzählen, würde ein zwielichtiges Licht auf mich werfen oder ich muss sogar damit rechnen, dass er die Polizei über den Vorfall informiert. Also lüge ich und erkläre, dass ich einem Taschendiebstahl zum Opfer gefallen bin.

„Hmm ...", sagt der Arzt, der bestimmt schon das Rentenalter erreicht hat. „Entschuldigen Sie bitte, Sir, wenn ich mir die Freiheit nehme und Ihnen einen Rat gebe. Ihr Erscheinungsbild gleicht nicht gerade dem eines armen Mannes. Vielleicht ist es besser, wenn Sie in Zukunft das Hotel nur noch in Begleitung des Sicherheitspersonals verlassen."

„Vielen Dank für Ihre Fürsorge. Das habe ich bereits für morgen geplant", erkläre ich und das ist nicht einmal gelogen.

„Ich hoffe für Sie, dass die Gegend, in die Sie fahren wollen, weniger gefährlich ist."

„Ich denke schon ... außer, die Löwen haben mich auf ihren Speiseplan gesetzt", versuche ich zu scherzen.

„Ah ... sie wollen in einen der Nationalparks reisen. Eine hervorragende Idee", schwärmt er.

Eigentlich stimmt das nicht ganz, denn mein tatsächliches Ziel ist die Diamantenmine bei Musina und dort treffe ich mich mit dem Inhaber. Der Inhalt unseres hoffentlich stattfindenden Gesprächs ist nicht ganz *konfliktfrei*.

„Haben Sie noch weitere Verletzungen, Mr. Collister?", will der Arzt nun von mir wissen.

„Nur ein paar Prellungen", wiegle ich ab.

„Die sehe ich mir gerne an", sagt er.

„Das ist wirklich nicht nötig, vielen Dank." Mit einem aufgesetzten Lächeln versuche ich, mich gerade hinzusetzen und stöhne dabei vor Schmerzen. Der Schlag mit dem Gewehrkolben in meinen Magen hat seine Wirkung nicht verfehlt.

Der Arzt betrachtet mich daraufhin argwöhnisch über den Rand seiner Brille hinweg und reicht mir wortlos seine Hand. „Ich helfe Ihnen beim Aufstehen und ich gehe erst, wenn ich Sie vollständig untersucht habe!"

Das nenne ich eine klare Ansage.

Seine Hilfe lehne ich nur deshalb ab, um ihm zu zeigen, dass ich sie nicht brauche. Leider geht mein Ego-Trip nach hinten los und ich kann mich nur stöhnend aus dem Stuhl hochhieven.

„Ziehen Sie bitte ihr Hemd aus."

Auch das noch!

Ich habe vorhin nur mit großer Mühe mein Jackett abstreifen können und da waren die Schmerzen noch einigermaßen auszuhalten.

Mit fest aufeinander gepressten Lippen nehme ich mir jeden einzelnen Knopf an meinem Hemd vor und bin dabei dem prüfenden Blick des Arztes ausgesetzt. Meine innere Stimme rät mir aus einem ganz bestimmten Grund, das Kleidungsstück nicht auszuziehen, doch mein Verstand ist dagegen. Wie in Trance folge ich ihm und jetzt bin ich es, der den Arzt beobachtet. Seine Reaktion, als ich mit freiem Oberkörper vor ihm stehe, ist genau die, die ich erwartet habe. Mit weit aufgerissenen Augen starrt er auf meine unzähligen Tattoos, die mittlerweile ein Gesamtbild ergeben.

„Sie scheinen den Tod nicht zu fürchten", murmelt er und sieht mich daraufhin mit verstörtem Blick an.

„Nein!", sage ich knapp.

Mittlerweile hängt sein Blick wieder an meinem Oberkörper und es kommt mir so vor, als würde er jedes einzelne Tattoo analysieren.

Nach Josephines Ableben habe ich meine bereits vorhandenen Tattoos mit vielen Erinnerungen an unsere gemeinsame Zeit erweitern lassen und dabei sollte der Tod eine große Rolle spielen. Immer wieder tauchen verschiedenartige – dreidimensional dargestellte - Totenkopfmotive auf, die mal das Leben verhöhnen oder sogar zerstören. Gillian hat sich übrigens bei unserer ersten intimen Begegnung fürchterlich vor den Tattoos erschreckt. Ich fand ihre Reaktion damals völlig übertrieben. Josephine hätten sie jedenfalls gefallen, dessen bin ich mir sicher.

Sie war einfach die passende Frau für mich.

Die doch recht kühlen Hände des Arztes, die gerade meine Rippen abtasten, verhindern wahrscheinlich, dass ich wieder in eine Art Melancholie verfalle, sobald ich an Josephine denke.

„Also, Ihr Oberkörper scheint nichts abbekommen zu haben, doch der große Bluterguss an Ihrem Bauch gibt mir zu denken. Sind Sie dort auch attackiert worden?", fragt der Arzt.

„Das war nur ein Faustschlag", lüge ich erneut.

„Aha … legen Sie sich bitte auf das Bett!"

„Muss das jetzt sein?", murre ich. So langsam geht mir seine Fürsorge auf die Nerven. Doch ihn scheint mein Einwand nicht zu stören und er beharrt weiterhin auf seine Untersuchung. Nur widerwillig und mit großen Schmerzen lege ich mich hin und lasse seine Behandlung über mich ergehen.

„Was auch immer Ihnen wirklich passiert ist, Sie sollten sich dringend in ein Krankenhaus begeben und den Bauchraum gründlichst untersuchen lassen. Da Sie meinen Ratschlag wahrscheinlich sowieso ignorieren, lasse ich Ihnen für die Schmerzen ein paar starke Tabletten hier."

„Ich merke, wir verstehen uns … was bin ich Ihnen schuldig?", frage ich und richte mich schwerfällig wieder auf.

„Ich hinterlege Ihnen die Rechnung an der Rezeption und … passen Sie bitte auf sich auf, auch wenn Sie anscheinend gern den Tod herausfordern. Er ist schneller da, als Sie denken", sagt er beim Hinausgehen.

Wem erzählt er das?

Unbeholfen, wie ich im Moment bin, ziehe ich zuerst meine blutverschmutzte Hose aus und quäle mich danach aus dem Bett. Da ich unbedingt noch mit Josefine sprechen und ich nicht halbnackt vor ihr stehen will, hole ich aus meinem Koffer ein weißes T-Shirt und eine schwarze Jeans heraus. Doch bevor ich die Sachen anziehe, gönne ich mir eine Dusche, um den Staub, Schmutz und auch das Blut abzuwaschen. Es sind höchstens zehn Minuten vergangen, als es verhalten an meiner Zimmertür klopft.

Nun muss ich ehrlich zugeben, dass ich mich nicht mehr daran erinnern kann, wohin Keith und auch Josefine nach unserer Ankunft hier im Hotel verschwunden sind. Vielleicht ist es einer von ihnen, der jetzt vor der Tür steht.

Jedenfalls zerre ich mir unter enormen Schmerzen das T-Shirt über den Kopf und bleibe - wie sollte es auch anders sein - an der frisch genähten Kopfwunde mit dem Fingernagel hängen. Der darauffolgende gewaltige Schmerzanfall lässt mich kurzzeitig zusammensacken und leise fluchen.

Das heftiger werdende Klopfen an der Tür verlagert mein Wahrnehmungsvermögen dorthin und als ich Josefines Stimme höre, schleppe ich mich vorwärts.

Wo ist eigentlich meine Pistole?

„Aiden! Mach auf, verdammt!", ruft sie nun.

Da ist aber jemand ungehalten.

Trotzdem suche ich nach meiner Waffe und werde verflucht nochmal erst diese Tür öffnen, wenn ich das Ding gefunden habe. Da das Zimmer keine hundert Quadratmeter groß ist und sich über drei Etagen erstreckt, müsste sie doch leicht zu finden sein.

Mühselig beuge ich mich nach unten und suche den Boden ab, doch da ist nichts. Oben auf dem Bett auch nicht und im Bad schon gleich gar nicht. Erst als ich das verschmutze Jackett, das auf dem Boden liegt, aufhebe, kommt sie darunter zum Vorschein.

Da hätte ich auch gleich darauf kommen können.

Bevor ich die Tür öffne, schmeiße ich das Jackett über meinen Koffer und die Pistole stecke ich mir am Rücken in den Hosenbund.

„Bist du allein?", frage ich durch die noch geschlossene Tür.

Was für eine dumme Frage von mir.

„Nein! Hier stehen mindestens noch zehn Männer, die es alle auf dich abgesehen haben!", erhalte ich als Antwort.

Schlagfertig ist sie. Das muss ich zugeben.

Trotzdem öffne ich die Tür mit einer Portion Vorsicht und mein Blick fällt unweigerlich in Josefines wunderschöne braune Augen.

„Du siehst fürchterlich aus", begrüßt sie mich.

„Frag mal, wie ich mich fühle! Willst du reinkommen oder nur Komplimente verteilen?"

„Natürlich mit dir reden!", sagt sie und betrachtet mich skeptisch. Dabei bemerke ich, wie ihr Blick im tiefen Ausschnitt meines weißen T-Shirts landet. „Cooles Tattoo … zumindest das, was zu sehen ist. Auch die düsteren Motive an deinen Armen sind nicht zu verachten. Wer hat die gemacht?", fragt sie und schiebt sich an mir vorbei ins Zimmer.

„Dafür war ich in London", brumme ich. Sichtlich überrascht von ihrer Aussage schließe ich die Tür und mustere sie verstohlen. Ihre hellbraunen langen Haare sind immer noch streng zu einem Pferdeschwanz zusammengebunden und ihr tadellos sitzender blauer Hosenanzug lässt ihre schlanke Figur erahnen. Sie ist einen Kopf kleiner als ich und ich schätze sie auf Mitte dreißig.

„Das ist doch bestimmt ein Skull … also eine Art Totenkopf-Tattoo, was aus deinem Ausschnitt guckt, oder?"

„Warum interessiert dich das?", will ich wissen. Irgendwie sind mir ihre vielen Fragen zu intim.

„Weil …", sagt sie und knöpft dabei ihre weiße Bluse auf.

„Was wird das denn jetzt?", frage ich aufgebracht.

„Verfall nicht in Panik! Ich will nichts von dir!"

„Da bin ich aber beruhigt", knurre ich und beobachte trotzdem skeptisch ihr Treiben.

Nach dem dritten Knopf beendet sie ihr Tun und zieht mit beiden Händen die Bluse auseinander. Zum Vorschein kommt eine handtellergroße rote Rose als Tattoo auf ihrem doch sehr ansehnlichen Dekolleté.

„Guck genau hin!", fordert sie mich auf.

„Du verlangst ganz schön viel", murmle ich und komme ihrem Wunsch gerne nach. Doch was ich dann zu sehen bekomme, versetzt mich in höchstes Erstaunen. In der roten Rose ist tatsächlich ein Skull eingearbeitet.

„Wow!", sage ich mit großer Anerkennung und trete wieder einen Schritt zurück. Ihr so nah zu sein, empfinde ich als nicht angebracht.

„Ich muss zugeben ... ich habe dich unterschätzt, Aiden. Ich kenne dich nur in feinen Anzügen. Übrigens ... mein zweiter Name ist Carina. So hat mich meine Großmutter immer genannt und wenn du willst, darfst du das auch."

Wie war das jetzt? Sie kennt mich nur in Anzügen?

„Ich habe dich noch nie gesehen!", blaffe ich.

„Ich dich dafür umso öfter!"

„Jetzt wird es interessant!", sage ich und trete noch zwei Schritte von ihr weg.

„Mein Vater arbeitet schon viele Jahre für Mr. De Cook als Sicherheitsbeauftragter", erklärt sie.

„So etwas hat er? Ich meine, Sicherheitspersonal?"

„Ja ... und dir würde ich das auch raten."

„Falls du das wegen des Vorfalls heute ansprichst ... normalerweise verkehre ich nicht in solchen Gegenden und bis jetzt konnte ich mich immer selbst verteidigen …"

„Trotzdem!", wirft sie hartnäckig ein.

„Im Notfall kann ich dich ja fragen", antworte ich zynisch. „Aber so langsam glaube ich … die Zusammenhänge zu verstehen … dich hat man geschickt, um für meine Sicherheit zu sorgen, damit den Diamanten von Mr. De Cook nichts passiert."

„Ja, so kann man es ausdrücken!"

„Also hast du uns seit der Landung hier in Pretoria die ganze Zeit verfolgt?"

„So ist es!"

„Und was sollte dann jetzt diese Fragerei wegen meiner Tattoos?"

„Das war eher privat … mein Freund betreibt in der 2163 1th Avenue ein eigenes Studio und ich dachte, die Motive stammen von ihm. Es sieht jedenfalls auf den ersten Blick wie seine Arbeit aus."

„Ach so … das erklärt so manches. Und wie habe ich das jetzt mit deinem Namen zu verstehen?" Die höllischen Schmerzen in meinem Kopf verursachen ein verlangsamtes Denkvermögen - zumindest habe ich das Gefühl.

„Sag einfach Carina zu mir", wiederholt sie. „Übrigens … dein Freund …"

„Ist er nicht!", werfe ich sofort ein.

„Okay … also Keith … ist nochmal unterwegs, weil er dringend ein paar Dinge zu erledigen hat … du wüsstest schon was … soll ich dir ausrichten."

Das kann nicht gut gehen.

„Oha …", antworte ich darauf nur.

„Ist auch egal", wiegelt sie ab. „Also morgen fahren wir beide nach Musina und klären die Zusammenhänge von den gefälschten Zertifikaten."

„Wir?", frage ich argwöhnisch.

„Natürlich komme ich mit. In deinem Zustand kannst du nicht selbst fahren."

„Das habe ich auch nicht vor. Mr. De Cook hat mich gebeten, die Sache für ihn zu klären und das werde ich auch tun ... und zwar ohne dich. Ich brauche keinen Bodyguard!"

„Das sah vor drei Stunden noch ganz anders aus", bemerkt sie ironisch.

„Kommt nicht wieder vor und ich danke dir für deine Hilfe. Aber jetzt möchte ich mich gern etwas ausruhen."

„Ja ... das ist eine gute Idee", sagt sie und schickt sich zum Gehen an.

Irgendetwas wollte ich sie doch noch fragen? Aber was war das doch gleich?

Ich habe es: „Ähm, Carina ...", beginne ich, „hattest du wirklich eine Ausbildung im *Nahen Osten*?"

„Traust du mir das echt zu?" Ihr verschmitztes Grinsen daraufhin lässt mich zweifeln.

„Deshalb frage ich", erkläre ich kleinlaut.

„Na ja ... mein Vater hat mich seit meinem vierten Lebensjahr in Selbstverteidigung unterrichtet und dabei ist es nicht geblieben ... glaube mir, das fühlte sich manchmal wie der *Nahe Osten* an."

„Oh ... aber ich bin der Meinung, er hat wirklich gute Arbeit geleistet", sage ich anerkennend und mit einem Schmunzeln im Gesicht.

Carina schweigt daraufhin und murmelt beim Hinausgehen: „Gute Besserung und bis morgen".

Bevor ich antworten kann, hat sie schon die Zimmertür hinter sich zugezogen.

Kapitel 6

D er nächste Morgen beginnt für mich - wie der gestrige Abend aufgehört hat - mit heftigen Schmerzen. Die vom Arzt empfohlenen Tabletten lindern zwar etwas, aber das ist auch schon alles.

Mühselig hieve ich mich aus dem Bett und schleiche ins Bad. Mein Blick in den Spiegel zeigt mir einen Mann, der eine schmerzverzerrte Grimasse zieht, dunkle Schatten unter den blauen Augen hat und seine dunkelblonden Haare hängen ihm strähnig ins Gesicht. Sogar die sonst kaum sichtbaren grauen Stoppeln in dem Fünf-Tage-Bart scheinen sich über Nacht unzählig vermehrt zu haben.

„Das bin nicht ich", murmle ich meinem Spiegelbild zu.

Auch wenn ich mir sicher bin, dass eine Dusche meinen optischen Zustand nicht verbessert und auch meine Schmerzen nicht lindert, so wird sie mir trotzdem guttun.

Als ich fünfzehn Minuten später das Bad - mit nur einem weißen Handtuch um die Hüften - verlasse, führt mich mein Weg direkt zum Kleiderschrank. Meine drei Anzüge und diverse Hemden habe ich gestern Abend noch aus dem Koffer ausgeräumt und aufgehängt.

Gerade will ich den blutverschmierten und verschmutzten Anzug in den Kleidersack für die Reinigung packen, da höre ich das Vibrieren meines Smartphones, welches auf dem Beistelltisch liegt.

Neugierig darauf, wer es ist, entdecke ich auf dem Display den fünften Anruf in Abwesenheit von Keith.

Das kann nichts Gutes bedeuten.

Augenblicklich nehme ich das Gespräch an und schalte den Lautsprecher ein, damit ich mich nebenbei anziehen kann.

„Lebst du noch?", blafft Keith sofort los.

„Nein! Ich spreche aus der Hölle zu dir!", antworte ich sarkastisch.

„Ich habe dich mindestens fünf Mal angerufen!"

„Das ist jetzt das sechste Mal", verbessere ich ihn. „Die Verbindung ist hier unten sehr schlecht", antworte ich mit einem Hauch Ironie.

Ich bin mir nur nicht sicher, ob er sie versteht.

„Verarschst du mich gerade?"

Also versteht er sie nicht!

„Sollte ich?"

„Aiden! Wo bist du … verdammt nochmal!"

„Na, wo wohl … in meinem Zimmer! Und du?"

„Gleich bei dir!", sagt er und legt auf.

„Auch das noch", jammere ich vor mich hin und schaffe es gerade noch, mir meine Unterhose anzuziehen, als es bereits an meiner Zimmertür klopft.

„Moment!", grolle ich und streife mir noch schnell die graue Tuchhose über, bevor ich öffne.

„Heilige Scheiße!", ruft Keith so laut, dass es über den gesamten Flur hallt. „Du siehst wirklich aus, als würdest du aus der Hölle kommen."

„Sag ich doch", knurre ich und gebe ihm mit einem

energischen Wink zu verstehen, dass er endlich eintreten soll, damit ich die Tür wieder schließen kann.

„Was ist denn so wichtig, dass du schon so früh auf den Beinen bist?", will ich wissen und hole mir dabei ein blaues Hemd aus dem Schrank.

„Ähm …", stottert Keith und starrt mich entsetzt an.

„Was ist denn los mit dir?", frage ich genervt. „Die Kopfwunde und die Blutergüsse werden wieder abheilen!"

„Das meine ich doch nicht … sondern deine Tattoos … die sind echt krass … das hätte ich dir so nicht zugetraut."

„Ich lebe davon, unterschätzt zu werden", schnarre ich und knöpfe mir das Hemd zu. Dann greife ich zu der grauen Krawatte und binde sie mir um.

„Bist du jetzt nur gekommen, um mir beim Anziehen zuzusehen … denn das würde mich stark irritieren … oder hast du einen triftigen Grund?" Bei meiner Frage sehe ich ihn an und ziehe die rechte Augenbraue bedenklich nach oben.

„Ich weiß jetzt, wo Edward Bright wohnt!", platzt er heraus.

„Dann besuche ihn", sage ich und suche im Koffer nach meiner grauen flachen Sportschirmmütze. Als ich sie zwei Atemzüge später gefunden habe, gehe ich damit ins Bad, stelle mich vor den Spiegel, kämme mit der Hand die noch feuchten Haare nach hinten und setze die Mütze auf. Damit ist meine Kopfwunde verdeckt und ich muss niemandem für mich unangenehme Fragen beantworten.

„Allein?", ruft Keith und scheint entsetzt zu sein.

„Ich habe heute schon was anderes vor", entgegne ich, während ich das Bad wieder verlasse.

„Aiden! Du scheinst nicht zu wissen, wer Edward Bright ist!"

„Du wirst es mir doch wohl gleich erzählen ... ob ich es wissen will ... oder nicht."

Ohne auf meinen Einwand zu achten, beginnt Keith zu reden: „Er ist ein ehemaliger Söldner und hat in etlichen Bürgerkriegen hier in Afrika eine wesentliche Rolle gespielt."

„Solche Leute kenne ich nicht und nach deiner Reaktion zu urteilen ist der Typ nicht ungefährlich", sage ich.

„Genauso ist es!"

„Sollten es demzufolge seine Diamanten sein, die von den angolanischen Rebellen gestohlen wurden ... und die du jetzt besitzt ... dann solltest du ihn *nicht* besuchen", rate ich mit einem Hauch Sarkasmus.

„Wie kommst du auf diese Vermutung?"

„Ist nur Intuition", wiegle ich ab.

„Du weißt mehr, als du zugibst!", blafft mich Keith an.

„Nein! Dann hätten wir uns den Besuch in dem Elendsviertel sparen können ... aber ich bin lange genug im Geschäft, um zu wissen, dass einige ehemalige Söldner sich auf den Gold-, Diamanten- und Ölhandel nach Beendigung der Bürgerkriege eingelassen haben. Der Verdacht liegt also nahe. Und solltest du wirklich so dumm sein und ihn gegen meinen Rat besuchen, dann kann es dir passieren, dass du sein Anwesen nicht wieder verlässt."

„Anwesen?", fragt Keith argwöhnisch.

„Er ist doch bestimmt nach seiner Söldnerzeit unter die Weinbauern gegangen ... lass mich raten ... an der Westküste ... fünfzig bis sechzig Kilometer weit weg von Kapstadt?"

„Du kennst ihn also doch!", schnarrt Keith und sieht mich mit finsterem Blick an.

„Nein! Ich sage doch, reine Intuition! Er ist nicht der erste Söldner, der vor Jahren Menschen auf brutalste Weise umgebracht hat und jetzt den meist ausländischen Touristen mit einem Lächeln im Gesicht seinen meisterlich angebauten Wein präsentiert. Das ist Afrika … mein Lieber!"

„Das musst du mir nicht erklären!", brummt Keith beleidigt. „Stell mich nicht als blöd hin!"

„Wer angolanischen Rebellen Diamanten im Wert von rund einer halben Million Dollar klaut, ist für mich nicht blöd, sondern lebensmüde!"

„Schon klar … also … was ist jetzt?"

„Finde heraus, wo die Diamanten ursprünglich herkommen und dann reden wir weiter!"

„Okay … dann bis später!", knurrt Keith und verlässt missmutig mein Zimmer.

Mein Weg führt mich daraufhin geradewegs zu meinem Smartphone und der darin gespeicherten Telefonliste. Der Buchstabe *B* ist mein Ziel und Sekunden später rufe ich eine bestimmte Nummer an. Es dauert nicht lange, bis mein Gespräch angenommen wird. „Edward!", sage ich, „wie sieht es mit einer Weinprobe bei dir aus?" Seine darauffolgende Antwort gefällt mir. „Wir sehen uns morgen", sage ich und beende das Telefonat.

***

Da mein Magen von der gestrigen Sonderbehandlung nur bedingt aufnahmebereit ist, bestelle ich mir beim Zimmerservice einen starken Kaffee und ein Croissant dazu.

Während ich darauf warte, checke ich meine eingegangenen E-Mails und durchforste die Börsenkurse. Doch wie erwartet, herrscht im Moment eine eher lahme Stimmung am Markt.

Als ich eine halbe Stunde später - mit Mr. De Cooks Diamanten und den gefälschten Zertifikaten - das Foyer des Hotels betrete, empfängt mich Mr. Johnson mit einem kritischen Blick. Auch wenn ich mir Mühe gebe und versuche aufrecht zu laufen, so gelingt mir das nur bedingt. Jede Bewegung schmerzt auf eine andere Art und Weise.

„Guten Morgen, Mr. Johnson", sage ich und schenke ihm ein versöhnliches Lächeln.

„Guten Morgen, Mr. Collister. Wie geht es Ihnen?"

„Konnten Sie den Helikopter ordern?", frage ich sofort, denn darum hatte ich ihn gestern Abend noch per E-Mail gebeten, weil ich mir die lange Autofahrt ersparen wollte.

„Ja, Sir. Das hat geklappt. Kann ich sonst noch etwas für Sie tun?" Seine fürsorgliche Art erinnert mich an meinen verstorbenen Vater.

„Nein! Sie tun schon genug für mich. Lassen Sie uns jetzt starten."

„Sehr gern, Mr. Collister. Der Helikopter wartet auf der freien Fläche hinter dem Hotel auf uns."

„Das ist doch perfekt!"

Bevor ich Mr. Johnson zum Hinterausgang folge, sehe ich mich noch einmal genau im Foyer um.

Warum?

Ich wollte mich davon überzeugen, ob Carina nicht doch auf mich wartet. Aber sie ist nirgends zu sehen.

***

Der Helikopter schwebt noch über Pretoria und mir bietet

sich ein atemberaubender Anblick der violett-blau blühenden Jacaranda-Bäume. Allein schon deshalb ist Pretoria oder Johannesburg um diese Jahreszeit eine Reise wert.

Nachdem wir die Stadt verlassen haben, orientiert sich der Pilot hauptsächlich an der National Route 1, die - von Kapstadt im Westen bis an die Grenze nach Simbabwe im Nordosten - quer durch das ganze Land führt.

Wir überfliegen teilweise karge Landschaften, wo die rote Erde sichtbar ist - weiter über mehrere Reservate und kleinere Nationalparks mit üppiger Vegetation, bis wir einige Zeit später am Rande der Kleinstadt Musina ankommen.

Der riesige Krater der Diamantenmine liegt weit außerhalb der Stadt und ist nicht für die Öffentlichkeit zugänglich. Dafür aber das hochmoderne Bürogebäude, das Mr. De Beek und seine - sagen wir mal - Handlanger sich errichten ließen. Auf dem extra angelegten Landeplatz nur für Helikopter - weiter außerhalb gibt es noch einen für Kleinflugzeuge - warten bereits einige Sicherheitskräfte auf mich und eine von Mr. De Beeks hübschen jungen Assistentinnen. Sie begleitete mich bereits vier Mal durch das Gebäude und würde sich auch hingebungsvoll um meine persönlichen Belange kümmern, sofern ich das wollte. Doch mir reicht eine Tasse Kaffee und ein Glas Wasser.

„Herzlich willkommen, Mr. Collister", ruft sie mir zu, während mir beim Aussteigen - von den heftigen Windstößen des Helikopterrotors - meine Schirmmütze fast vom Kopf weht. Als ich zwei Augenblicke später vor ihr stehe, reicht sie mir - mit einem aufgesetzten Lächeln - ihre Hand zur Begrüßung.

„Mrs. Meyer", sage ich betont freundlich und erwidere ihre Geste mit einem kurzen und festen Händedruck.

„Sie sollen doch Jasmine zu mir sagen", säuselt sie.

„Natürlich, Mrs. Meyer!", antworte ich und ernte dafür von ihr einen vernichtenden Blick.

„Mr. De Beek erwartet Sie bereits", schnaubt sie und geht - in einer Art Laufsteg-Gang - vor mir her. Heute hat sie ihre langen blonden Haare am Hinterkopf zusammengesteckt und ihr schwarzes Business-Kostüm sitzt perfekt. Allerdings könnte sie ruhig ein paar Kilo mehr auf den Rippen haben. Mir wäre sie als Frau eindeutig zu dürr.

Gerade will ich mit ihr das Foyer des Gebäudes betreten, da schiebt sich eine mir bekannte Person in meinen Blickwinkel, die mich auch sofort ansteuert.

„Sie sind spät dran, Mr. Collister", ruft sie mir zu und stellt sich Mrs. Meyer als meine Sicherheitsbeauftragte vor. Diese betrachtet sie kritisch und als Carina ihr den Ausweis und die Waffe zeigt, weicht Mrs. Meyer automatisch einen Schritt zurück, bevor sie murmelt: „Schon gut!" Dann wendet sie sich ab und öffnet die mit einem speziellen Code gesicherte Tür.

Carina will ihr sofort hinterherlaufen, doch ich halte sie am Arm fest. „Das war nicht unser Plan", knurre ich sie an.

„Meiner schon ... nur deckte sich der nicht mit deinem. Aber das ist nicht mein Problem. Warum hat das überhaupt so lange gedauert, bis du endlich hier warst?", zischt sie.

„Ich stand im Stau!", antworte ich bissig und sehe sie finster an.

„Mit dem Helikopter? Du hättest ja mit mir fahren können ... übrigens ... die Schirmmütze steht dir nicht ... die lässt dich alt und versnobt aussehen."

„Wenn ich deine Meinung wissen wollte, dann hätte ich dich danach gefragt", blaffe ich ungehalten los und gebe ihr einen leichten Schubs, dass sie vorwärts läuft.

„Lass das!", faucht sie und geht doch weiter.

Auch wenn ich es nur ungern zugebe, aber ihre Aussage hat mich auf eine gewisse Art getroffen. Josephine hätte es nicht anders gesagt, sie mochte diese Mützen auch nicht.

Aber viel Zeit, um darüber nachzudenken, bleibt mir nicht, denn die zwei Damen drängen mich mit der Bitte, ich solle mich doch beeilen.

„Mr. De Beek wartet nicht gern", sagt Mrs. Meyer und mustert Carina wie eine Konkurrentin.

Jedenfalls durchschreiten wir im Eiltempo das Foyer und steuern zielstrebig den Fahrstuhl an. Die beklemmende Stille, als sich die Fahrstuhltüren hinter uns schließen, empfinde ich als eine Art Auszeit und versuche mich gedanklich auf das vor mir liegende Gespräch vorzubereiten.

Mr. De Beek ist kein einfacher Verhandlungspartner. Der Hauptsitz seiner Firma befindet sich in London und nicht in Südafrika. In den letzten Jahren verlor er die Monopolstellung der Diamanten-Förderung, weil andere afrikanische Staaten sowie Russland und Indien ihn verdrängten. Außerdem beteiligt er sich immer wieder an dem Verkauf von Konfliktdiamanten. Stellt man ihn daraufhin zur Rede, wiegelt er ab und beteuert, dass dies nur vier Prozent seiner gesamten Fördermenge seien.

Nach meiner Erfahrung sind die vier Prozent nicht die Wahrheit und er hält sich keinesfalls an das 2003 geschlossene Abkommen. Mittlerweile beteiligen sich über fünfzig Staaten daran und trotzdem tauchen immer wieder Fälle von Korruption auf.

Der Fahrstuhl hält in der dritten Etage und gerade, als ich aussteigen will, hält mich Carina am Arm zurück. „Ich muss dir was sagen", flüstert sie.

Was kommt denn jetzt?

„Ich höre!", brumme ich missmutig.

„Mr. Collister! Kommen Sie bitte!" Mrs. Meyer scheint mein Zurückbleiben bemerkt zu haben.

„Moment! Meine persönliche Begleitung meldet gerade Sicherheitsbedenken an."

„Sie meldet was?", fragt Mrs. Meyer pikiert und starrt feindselig zu Carina.

Die zwei Frauen sollten sich nicht im Dunkeln begegnen. Das würde nicht gut ausgehen.

„Ich bin gleich bei Ihnen", entgegne ich und wende mich Carina zu. „Also? Rede!"

„Ich habe ...", beginnt sie leise, „Mr. De Cook damals, als er die fragwürdigen Diamanten gekauft hat, hierher nach Südafrika begleitet. Für den Rückflug hat uns Mr. De Beek die Nutzung seines Privatflugzeugs angeboten, allerdings war die Bedingung, dass wir in London zwischenlanden müssen, weil dort noch zwei weitere Passagiere zusteigen würden ..."

„Hattest du nach dem Essen an Bord Probleme mit dem Magen?", unterbreche ich sie.

„Woher weißt du davon?", fragt Carina unsicher.

Anstatt ihr die Frage zu beantworten, sage ich: „Also hat man dich schachmatt gesetzt, damit ... wer auch immer ... die Zertifikate austauschen und Mr. De Cook die gefälschten unterschieben kann."

„Du weißt von dieser Vorgehensweise?"

„Ich habe davon gehört", murmle ich. „Aber das ist jetzt zweitrangig. Nur nochmal zum Verständnis ... da drinnen rede nur ich ... ist das klar?"

Als Antwort erhalte ich von Carina einen vernichtenden Blick.

Sie wird sich nicht an meine Anweisung halten!

„Sind ihre Sicherheitsprobleme jetzt gelöst?", schnaubt Mrs. Meyer.

„Vorerst ... ja", antworte ich.

„Vorerst?", wiederholt sie und ihr säuerlicher Blick streift erst Carina und dann mich.

„Bringen Sie uns jetzt bitte zu Mr. De Beek", sage ich.

„Die Frau", beginnt Mrs. Meyer und deutet mit dem Kopf in Richtung Carina, „steht nicht auf meiner Empfangsliste."

„Jasmine", säusle ich mit tiefer Stimme und lege - um meiner Bitte etwas Nachdruck zu verleihen - meinen Arm um ihre Hüfte und flüstere: „Dann schreiben Sie meine Begleitung einfach darauf."

„Ja ...", haucht sie und sieht mich mit einem verklärten Blick an. Doch zu mehr scheint sie nicht fähig zu sein, denn drei Atemzüge später stehen wir noch immer an derselben Stelle.

„Hinter welcher Tür wartet denn Mr. De Beek auf uns?", frage ich nun und sehe provokativ den langen Gang entlang.

„Ähm ... ich bringe Sie hin!", sagt sie. Was auch immer der Inhalt ihrer Gedanken war, ich habe sie mit meiner Frage herausgerissen.

Jedenfalls folgen wir ihr und Carina flüstert mir währenddessen zu: „Die Lady steht auf dich."

„Ist mir nicht aufgefallen", antworte ich und schon öffnet sich vor uns eine Tür.

„Mr. De Beek! Mr. Collister mit Begleitung ist da!" Das Wort *Begleitung* betont Mrs. Meyer besonders abfällig.

Mr. De Beek scheint uns tatsächlich schon zu erwarten, denn er läuft - die Hände auf dem Rücken verschränkt - im Konferenzraum auf und ab. So wie mir bekannt ist, stammt seine Familie aus Antwerpen und er führt die Geschäftsbelange hier in Südafrika in dritter Generation. Sein bereits lichter werdendes graues Haar und besonders die recht kleine Statur erinnern mich oft an den Feldherren Napoleon. Wenn dieser sich einen neuen Schlachtplan ausdachte, verschränkte er ebenfalls die Hände auf dem Rücken und lief in dieser Haltung durch die Gegend.

„Ah ... sehr schön", sagt Mr. De Beek und bleibt abrupt stehen. Statt mich anzusehen, fällt sein Blick auf Carina und dabei verfinstert sich sein Gesichtsausdruck.

Er scheint sie wiedererkannt zu haben.

Das ist ein wertvolles Zeichen für mich.

„Mr. De Beek", sage ich und reiche ihm meine Hand zur Begrüßung.

„Sie so schnell wieder in Südafrika zu sehen, überrascht mich, Mr. Collister." Mit diesen - für mich sehr aussagekräftigen - Worten nimmt er meine Geste zur Begrüßung an. Sein Händedruck bleibt hinter meinen Erwartungen weit zurück.

„Im November ist es in Pretoria besonders schön und außerdem habe ich ein Faible für den Wein hier. Übrigens ... meine charmante Begleitung dürfte Ihnen nicht unbekannt sein ... Mrs. Martínez." Als ich Carinas Nachnamen erwähne, wirft sie mir einen irritierten Blick zu.

Da ich letzte Nacht schlecht schlafen konnte, hatte ich viel Zeit, um Nachforschungen zu betreiben. Und was eignet sich besser dazu als die Social-Media-Plattformen? Jetzt weiß ich sogar, wie ihr Freund aussieht. Irgendwie mag ich ihn vom Ansehen her schon nicht und ich denke mal, er hat mexikanische Wurzeln.

„Tut mir leid … ich kann mich nicht an die Dame erinnern", bemerkt De Beek. Dass dies eine glatte Lüge ist, erkennt man an seiner erzwungenen Gelassenheit mir gegenüber.

„Ich bin aber nicht hier, um Ihnen einen Anstandsbesuch zu machen …", beginne ich.

„Sondern?"

„Um Sie um Unterstützung an der Aufklärung zwei brisanter Fälle zu bitten."

„Zwei?", flüstert Carina und sieht mich aus schmalen Augen heraus an.

„Was wollen Sie, Mr. Collister?", fragt De Beek im rauen Ton.

„Es geht um die Wiederfindung echter Zertifikate von Diamanten, die auf dem Flug von Pretoria nach New York gestohlen und durch falsche ersetzt wurden. Dadurch geriet ein … aus einer alten Diamanten-Dynastie stammender … Händler in arge Bedrängnis und es droht ihm der Bankrott. Außerdem möchte ich noch mit Ihnen über *Blutdiamanten* im Wert von einer halben Million Dollar reden."

„Oha …", schnaubt De Beek. „Und was habe ich damit zu tun?", fragt er verächtlich.

„Wieso haben Sie veranlasst, dass die echten Zertifikate von Mr. De Cook … der die Diamanten von Ihnen käuflich erworben hat … ausgetauscht werden?"

„Was unterstellen Sie mir!", brüllt er sofort los.

„Gar nichts, sondern ich konfrontiere Sie nur mit der Wahrheit. Es gibt Zeugen, die das bestätigen können."

Automatisch schielt De Beek zu Carina und diese hält

seinem Blick stand.

„Das müssen Sie mir erstmal beweisen", sagt er abfällig.

„Ich glaube, die Beweislast liegt eher bei Ihnen, Mr. De Beek. Stellen Sie einfach neue Zertifikate aus und nennen Sie mir den Namen desjenigen, der dafür verantwortlich ist."

„Und wenn ich es nicht tue?"

„Dann werde ich Sie beschuldigen, dass Sie an einen Hehler *Blutdiamanten* aus Angola verkauft haben!"

„Das wird Ihnen niemand glauben!", schnarrt er.

„Täuschen Sie sich bitte nicht, Mr. De Beek. Ich werde herausfinden, woher die besagten Diamanten wirklich stammen", sage ich und sehe ihn dabei finster an. „Mrs. Martínez, wir sollten gehen", fordere ich Carina auf.

Doch diese denkt nicht daran - wie ich befürchtet habe - und will gerade auf De Beek zustürzen. Ich bekomme sie in der letzten Sekunde noch am Arm zu fassen, halte sie fest und sage: „Nicht!" Dann schiebe ich sie in Richtung Ausgang, wohin sie natürlich nicht freiwillig mitkommt. Immer wieder macht sie sich steif und murmelt ungehalten vor sich hin.

Gerade will ich die Türklinke nach unten drücken, da höre ich De Beek rufen: „Moment!"

Hat das verdammt nochmal lange gedauert.

Ich hatte schon befürchtet, ich hätte zu hoch gepokert.

„Ja ...", sage ich und drehe mich zu ihm um. Carina halte ich trotzdem noch fest.

„Fragen Sie diese Person", sagt De Beek, nimmt einen Kugelschreiber in die Hand und kritzelt etwas auf einen kleinen weißen Zettel. Den hält er hoch und deutet mir mit einer Kopfbewegung an, dass ich ihn mir holen soll, was ich natürlich sofort mache. Nur dafür muss ich Carina loslassen und ich bin mir nicht sicher, ob sie dann De Beek wie eine in die Ecke gedrängte Löwin anspringt. Allerdings schätze ich sie so schlau ein, dass sie sich zurückhält.

So ist es auch.

Gerade, als ich vor seinem Schreibtisch stehe und den Zettel an mich nehmen will, zieht ihn De Beek kurz zurück und sagt mit tiefer Stimme: „Bringen Sie mir die Person, die die Diamanten besitzt und Sie erhalten für Mr. De Cook die beglaubigten Zertifikate."

Wir haben einen Deal!

„Ich sehe, was ich tun kann, Mr. De Beek!", sage ich und greife nach dem Zettel. Als ich den Namen darauf lese, schlucke ich schwer.

Er ist mir nicht unbekannt.

Kapitel 7

Es ist erst 5 Uhr morgens, als ich am nächsten Tag auf-
wache. Der Helikopter-Flug gestern nach Musina war
für meinen angeschlagenen Gesundheitszustand nicht gerade förderlich. Trotzdem fühle ich mich heute früh etwas
besser, da ich gestern den Rest des Tages fast nur geschlafen habe.

Mit Carina vereinbarte ich noch am Abend in einem kurzen persönlichen Gespräch, dass sie heute mit auf die Wein-
plantage von Edward Bright kommen soll. Allerdings nicht
als meine Sicherheitsbegleitung, sondern als meine jüngere
Halbschwester. Darauf sind wir nach langen Überlegungen
gekommen, denn unser Auftreten bei Mr. Bright muss über-
zeugend sein. Mit Carina ein verliebtes Paar zu spielen, das
bekomme ich definitiv nicht hin. Außerdem fahre ich schon
etliche Jahre auf dieses Weingut und Edward kennt meine
Familienverhältnisse und sogar meine verstorbene Ehefrau.
Er weiß auch, wie sehr ich unter ihrem Verlust leide, deshalb
ist es viel zu gefährlich, ihm eine erfundene neue Frau vorzustellen. Er würde sofort die Lüge wittern und das könnte
lebensgefährlich für uns beide sein.

Keith hat mir diese Nacht noch eine Sprachnachricht geschickt und mir erzählt, dass er herausgefunden hat, dass

der Überfall auf den Diamantentransport in Angola fingiert war.

Das ist keine Überraschung für mich.

Jetzt muss ich nur noch auf die Frage, ob es jemals in der letzten Zeit einen Überfall gegeben hat, eine Antwort finden.

Ich bin gespannt.

Wenn nicht, woher hat Keith dann diese Diamanten und wer streut gezielt solche falschen Informationen, dass sogar der Diamond Traders Club in New York darauf hereinfällt?

Mit diesen Fragen im Kopf stehe ich auf, schlurfe ins Bad und gönne mir eine ausgiebige Dusche.

Als ich zwei Stunden später im Foyer des Hotels nach Carina Ausschau halte, kann ich sie nicht gleich finden. Nirgends ist eine Frau mit Pferdeschwanz und Hosenanzug auszumachen.

„Suchst du mich?", fragt mich eine weibliche Stimme, die eindeutig zu Carina gehört.

Automatisch drehe ich mich zu ihr um und vor mir steht eine völlig andere Frau. Zumindest empfinde ich es so.

Carina trägt ihre glatten Haare offen und jetzt kann ich erst einmal erkennen, wie lang sie wirklich sind. Außerdem hat sie ein sehr figurbetontes und leuchtend rotes Kleid an, welches alle Blicke auf sich zieht.

Ob ihr Freund weiß, was er für eine attraktive Frau an seiner Seite hat?

„Zum Glück trägst du heute nicht diese fürchterliche Schirmmütze", raunt sie mir zu.

Nein, die trage ich tatsächlich nicht, sondern ein Basecap in Camouflage-Farben. Dazu ein schwarzes T-Shirt und eine gleichfarbige Jeans.

„Dann lass uns in die Höhle des Löwen fliegen", sage ich und lege sanft meinen Arm um ihre Hüfte.

Warum ich das tue, ist mir auch nicht so richtig klar. In dem Kleid hat Carina eine ungewöhnlich feminine Ausstrahlung und anscheinend kommt mein Beschützerinstinkt durch.

Direkt vor dem Eingangsportal des Hotels wartet Mr. Johnson bereits, der uns auf den zwanzig Kilometer entfernten kleinen Flugplatz bringt. Von dort aus fliegen wir - die Entfernung von Pretoria nach Kapstadt beträgt ungefähr eintausendvierhundert Kilometer - mit einem Privatflugzeug und landen drei Stunden später direkt auf dem riesigen Anwesen von Edward Bright, das natürlich seinen eigenen privaten Flughafen beherbergt.

***

Schon auf den letzten Kilometern unseres Fluges können wir die unzähligen Weinstöcke des riesigen Imperiums von Mr. Bright betrachten. Natürlich sind uns auch die in hoher Anzahl vorhandenen bewaffneten Sicherheitskräfte aufgefallen.

Da hier in Südafrika - anders als in New York - der Frühling gerade einzieht, tragen die Weinstöcke nur winzige Blätter und von Trauben reden wir noch gar nicht. Jeder normal denkende Mensch wird sich fragen, was es dann mit den vielen Sicherheitskräften auf sich hat.

„Bist du bewaffnet?", fragt Carina und sieht mich dabei mit bedeutungsschwerem Blick an.

„Im Rahmen meiner Möglichkeiten", antworte ich leise und ziehe mein Hosenbein etwas nach oben. Dabei wird eine kleine Pistole sichtbar.

„Oha ... ich auch", flüstert sie und öffnet ihre schwarze Handtasche. Ohne Umschweife schiele ich hinein und kann, außer ein paar Schminksachen, nichts anderes ausmachen. Doch dann schlägt sie das Innenfutter zur Seite und zum Vorschein kommt ein Geheimfach. Darin scheint ihre Waffe zu sein.

Gut gemacht!

Sofort nach der Landung werden wir zwar freundlich, aber mit dem Maschinengewehr im Anschlag von vier Sicherheitskräften begrüßt.

„Der Wein muss gut bewacht werden", sage ich und deute mit dem Kopf auf die Waffen.

„Sie wissen doch, wie es hier ist, Mr. Collister ... das ist Afrika und hier herrschen unsere eigenen Gesetze."

„Deshalb komme ich auch so gern hierher", sage ich.

Ob die Typen meine Ironie bemerkt haben?

„Die Kutsche steht schon bereit, Sir", sagt ein anderer Sicherheitsmann zu mir und zeigt mit dem Gewehr auf den Jeep.

Anscheinend doch!

„Ich kann die Pferde nicht sehen", murmle ich und schiebe dabei Carina sanft vorwärts.

Wo die Tiere verblieben sind, erzählt mir niemand, sondern wir werden nur freundlich aufgefordert, endlich in den Jeep zu steigen.

Die Fahrt führt uns tief hinein in die Weinberge und erst nach ungefähr fünfzehn Minuten treffen wir an dem Haupthaus, welches im kapolländischen Stil vor über dreihundert Jahren erbaut wurde, ein.

Eigentlich ist es hier wie im Paradies, wenn man die

Einsamkeit liebt. Das nächste Weingut ist etliche Kilometer weit entfernt und ich weiß, wenn Edward zur Grillparty bei seinen Nachbarn eingeladen ist, dass er mit dem Helikopter fliegt.

Als der Jeep endlich steht, wird er sofort von drei Hunden der Rasse Rhodesian Ridgeback umkreist.

„Du hast hoffentlich keine Angst vor Hunden?", frage ich Carina.

„Die sind ganz schön groß", murmelt sie mit dem Blick auf die schwanzwedelnden Tiere.

„Du musst dich nicht fürchten ... die jagen nur Löwen und Frauen in roten Kleidern."

„Du bist echt ein Charmeur. Ich habe wirklich Angst vor so großen Hunden", faucht sie.

Oh! Damit habe ich nicht gerechnet.

„Dann bleibe hinter mir", sage ich und steige zuerst aus. Die Hunde stürzen mit großer Freude sofort auf mich zu und ich habe Mühe, sie mir vom Leib zu halten.

„Aus!", schnalzt es und Edward steht plötzlich ein paar Meter entfernt da.

Seine wachen braunen Augen haben sofort Carina erspäht - die gerade angezündete Zigarette schmeißt er daraufhin weg - und kommt auf uns zu. Die Hunde haben ehrfürchtig vor mir Platz gemacht und liegen nun hechelnd auf der roten Erde.

„Welche Schönheit hast du mir denn heute mitgebracht, Aiden?", fragt Edward und fährt sich dabei wohl vor Gier durch seine kurzen schwarzen Haare.

„Das ist meine Halbschwester Carina und sie steht nicht zum Verkauf", bemerke ich patzig.

„Schade!" Edward lässt mich unbeachtet und ist weiter

fokussiert auf Carina. Als er vor dem Jeep steht, reicht er ihr seine Hand, um ihr beim Aussteigen behilflich zu sein.

„Seit wann hast du so eine Traumfrau als Halbschwester?", will er wissen und sein lüsterner Blick nervt mich geringfügig.

„Wie geht es deiner Frau?", blaffe ich ihn daraufhin an.

„Collister, jetzt gönn' mir doch mal diesen Augenblick", schnarrt Edward und dass ihm nicht - wie bei den Hunden - der Speichel aus dem Mund läuft, grenzt an ein Wunder.

Gerade will ich Carina zu Hilfe eilen, da sehe ich, wie sie Edwards Hand sanft zur Seite schiebt, aus dem Jeep springt und die Hunde zu sich ruft, die sie dann ausgiebig krault.

Also für mich sieht die Angst vor Hunden anders aus.

Edward scheint genauso überrascht zu sein und raunt mir zu: „Halbschwester? Du tust mir wirklich leid!" Seine Zweideutigkeit in der Wortwahl ist mir nicht entgangen. Er scheint mir nicht zu glauben.

„Zigarette?", fragt er und hält mir eine Schachtel unter die Nase.

„Ich rauche immer noch nicht!"

„Ist ja gut … und was ist mit der Lady?", will er wissen und deutet mit einer Kopfbewegung in ihre Richtung.

„Frag sie selbst!"

Doch anstatt Carina eine Zigarette anzubieten, beugt er sich nah zu mir und flüstert mir zu: „Du bist heute ganz schön zickig!"

„Ich bin auch zum Wein verkosten hier und nicht, um dir meine Familienverhältnisse zu erklären!"

„Gut, dann kommen wir zum Geschäft", nuschelt er mit der Zigarette im Mund. „Welchen Wein bevorzugst du dieses Mal?"

„Den üblichen ... das Paket nach London ... wie immer. Allerdings habe ich dir ein Angebot zu machen. Ich verkaufe dir einen appetitlichen Rotwein und dazu etliche Flaschen verschiedener Sorten Weißwein."

„Ich dachte ... du willst welchen bei mir kaufen?" Sein durchdringender Blick streift mich und vor Nervosität zieht er hastig an seiner Zigarette. „Wo hast du die her?"

„Ach ... da ist angeblich in Angola ein Weintransport überfallen worden, obwohl die Rebellen gar keinen trinken ... ich habe nicht die geringste Ahnung, von wo der Wein wirklich stammt und schon gar nicht, wem er ursprünglich gehört. Allerdings ist die Nachricht von der durchaus wertvollen Fracht bis in die höchsten Kreise in New York durchgesickert."

„Die alten Männer mit den schwarzen Hüten wissen doch gar nicht, von was sie reden!", knurrt Edward. „Gehen wir ein Stück ... allein!"

Ich gebe Carina mit einem Zeichen zu verstehen, dass sie dort, wo sie gerade ist, warten soll. Natürlich will ich sie nicht einfach allein mit den drei Hunden und den bewaffneten Männern stehen lassen - obwohl ich mir wegen der Hunde keine Sorgen mehr machen muss, nachdem sie diese so freudig begrüßt hat. Deshalb entferne ich mich mit Edward nur so weit, bis niemand mehr unser Gespräch hören kann.

„Du weißt, wo sich die gestohlenen Diamanten befinden?", fragt mich Edward.

„Hmm ... erzähle mir was von Angola ... sind die Rebellenkämpfe dort wieder aufgeflammt?"

„Nicht mehr als sonst ... da rennen immer ein paar Irre rum ... besonders in den ländlichen Gebieten. Warum fragst du?"

„Nur so …", wiegle ich ab.

„Okay … vielleicht solltest du wissen, dass die besagten Diamanten mir gehören … das sind noch alte Bestände aus dem Bürgerkrieg in Sierra Leone, von denen natürlich die Zertifikate fehlen. Kannst du dir vorstellen, die sind einfach so übrig geblieben …"

„Übrig geblieben …", wiederhole ich unterschwellig.

„Ja … einer meiner Sicherheitsmänner … der Herr hat ihn leider zu sich genommen … hat sie mir entwendet und es ist anzunehmen, dass er sie weiterverkauft hat. Nur wohin, das weiß ich nicht." Edward zieht kräftig an dem Rest seiner Zigarette und schmeißt sie danach weg.

„Und De Beek hat damit zu tun? Sollte er das Blut vom Bürgerkrieg davon abwaschen?"

„Wenn du das so sagst … klingt das so … abfällig und falsch …", murrt Edward und steckt sich eine weitere Zigarette an.

„Dir ist schon klar, dass Rauchen tödlich sein kann", bemerke ich spitz.

„Das Leben hier in Afrika auch …"

Da hat er ausnahmsweise mal recht.

„Also … was ist jetzt mit unserem Geschäft?", drängt Edward.

„Das steht … nur habe ich zwei Bedingungen!"

„Die da wären …"

Bevor ich sie nenne, werfe ich einen Blick zu Carina. Sie hockt auf dem Boden und krault ausgiebig die Hunde. Die vier Männer stehen gelangweilt etwas abseits und beobachten das Treiben.

„Sobald ich die Diamanten besorgt habe und sie durch

De Beek gewaschen wurden", beginne ich und mustere wieder Edward, „und sie die passenden Zertifikate haben, werde ich der Händler sein, der sie verkauft!"

„Also so wie immer!", sagt Edward und nimmt einen tiefen Zug von seiner Zigarette. Den Rauch pustet er so intensiv wieder aus, dass wir beide für Sekunden in einem weißen Nebel stehen. „Und weiter?", nuschelt er.

„De Beek hat dafür gesorgt, dass einem Clubmitglied übel mitgespielt wurde ... sorge du dafür, dass er die Original-Zertifikate wieder herausgibt. Wenn du sie hast, gehören die Diamanten bis zum Verkauf dir."

„Dass De Beek einfach nicht die Finger von den unsauberen Geschäften lassen kann", sagt Edward süffisant und spuckt angewidert auf die rote Erde.

„Wir sind uns einig?", frage ich und halte Edward meine rechte Hand hin.

„Natürlich! Wie immer ...", antwortet er und mit einem besonderen Ritual des Händedrucks verabschieden wir uns.

Mein nächstes Ziel ist das Hotel in Pretoria.

***

Bereits auf dem Rückflug nach Pretoria ging es Carina nicht gut und sie klagte über eine leichte Übelkeit. Nach der Landung musste sie sich tatsächlich übergeben und wollte danach nur noch auf ihr Hotelzimmer, was ich absolut nachvollziehen konnte. Wir fanden beide keine passende Erklärung, woher ihre Beschwerden plötzlich kamen. Vielleicht ist es das doch recht warme Klima hier.

Nachdem ich Carina in ihrem Zimmer in Sicherheit wusste, führte mich mein Weg geradewegs zu Keiths

Hotelzimmer. Bereits vom Flugzeug aus nahm ich zu Mr. Johnson Kontakt auf, mit der Bitte, Keith zu überwachen und im Notfall zu verfolgen. Doch wie ich erfahren habe, hat er das Hotelzimmer heute noch nicht wieder verlassen.

Bevor ich an die Tür klopfe, ziehe ich die Pistole aus der Halterung am Knöchel und stecke sie mir am Rücken in den Hosenbund. Erst dann klopfe ich – nein, das ist falsch ausgedrückt - ich trommle gegen die Tür. Es dauert einen Moment, bis Keith sich meldet: „Wer ist da?"

„Ich bin es!", knurre ich.

In der nächsten Sekunde öffnet sich die Tür einen großen Spalt und ein völlig verschlafener Mann steht vor mir.

Bevor er überhaupt realisieren kann, was ich vorhabe, betrete ich das Zimmer und meine rechte Hand packt ihn sofort am Hals. Danach trete ich kräftig gegen die Tür, sodass diese mit einem lauten Knall hinter mir ins Schloss fällt und schiebe Keith mit voller Wucht an die gegenüberliegende Wand.

„Was soll das?", röchelt er.

„Ich werde erst gern geküsst, bevor ich benutzt werde!", blaffe ich ohne Umschweife los.

„Bist du auf Drogen oder … was ist mit dir los?" Keith scheint jetzt hellwach zu sein.

„Das fragst du noch? Woher sind deine Diamanten? Und trau dich nicht, mich nochmal anzulügen!", drohe ich und drücke ihm, um meinen Worten etwas Nachdruck zu verleihen, etwas mehr die Luft ab.

„Okay … okay", japst er und hebt beschwichtigend die Hände.

Daraufhin lasse ich ihn los, trete ein paar Schritte zurück, ziehe meine Pistole aus dem Hosenbund heraus und setze mich danach in einen Sessel. Die Waffe lege ich provokativ auf den Tisch und fordere ihn mit tiefer Stimme auf, endlich zu reden.

Keith reibt sich daraufhin - mit einem verächtlichen Blick zu mir - an seinem Hals und ich bin mir nicht sicher, ob aus Nervosität oder vor Schmerzen. Doch beides ist mir egal.

„Also …", beginnt er unsicher und setzt sich auf die Bettkante, „die Diamanten sind hier aus Südafrika …"

„So weit bin ich auch. Wer hat sie dir vermittelt?"

„Keine Ahnung … irgend so ein Unterhändler … wahrscheinlich war er früher Söldner …"

„Also war deine Story über die Gefangenschaft in Angola völlig erlogen?"

„Nicht wirklich …", druckst Keith. „Die ist nur schon Jahre her."

Wusste ich es doch! Verdammt!

Als ich das höre, könnte ich ihm sofort einen Faustschlag ins Gesicht verpassen. Da ich aber selbst noch nicht wieder richtig fit bin, bleibe ich sitzen und versuche, meine Wut zu zügeln.

„Warum hast du mich dann so angelogen?", frage ich verständnislos. Für mich ist es wichtig zu wissen, ob ich weiterhin – natürlich mit enormem Vertrauensverlust – auf ihn zählen kann.

„Würdest du mir denn die Diamanten abkaufen, wenn ich dir die wahre Geschichte erzählt hätte? Natürlich nicht … um die Frage gleich zu beantworten."

„Das weißt du gar nicht! Also beurteile mich nicht, bevor du meine Antwort gehört hast. Kennst du den Unterhändler persönlich?"

„Nein … was ist das auch für eine blöde Frage von dir!

Denkst du, dann wäre ich mit dir in dieses beschissene Elendsviertel gefahren? Wie gesagt, er war nicht der Mann der vielen Worte."

„Wie sah der Typ aus?", frage ich weiter.

„Ich sagte doch schon … er war Söldner und trug die typischen Klamotten … Tarnhose, Basecap, schusssichere Weste und mit einem Waffenlager am Körper …"

„Sind dir sonst irgendwelche Besonderheiten an ihm aufgefallen?", bohre ich weiter.

„Nicht wirklich … es ging ja alles sehr schnell … warte … jetzt fällt es mir ein … er hatte eine große Narbe über der rechten Augenbraue …"

„Nur dort? Nirgendwo anders?"

„Wenn du jetzt so intensiv fragst … ja am Hals … auf der rechten Seite …"

„Aber er war ein Weißer, oder?"

„Ja klar … warum willst du das alles so genau wissen? Du verschweigst mir doch irgendetwas?"

„Ich …?", frage ich entsetzt und ziehe verächtlich die linke Augenbraue hoch.

„Hey, Aiden, sorry, dass ich dir nicht gleich die Wahrheit erzählt habe …"

„Wo fand die Übergabe statt?", unterbreche ich ihn und ignoriere seine Entschuldigung.

„An der Grenze zu Simbabwe … dauerte höchstens fünf Minuten …"

„Wie viel hast du ihm für die Diamanten gegeben?"

„Einhunderttausend Dollar!"

„Du verarschst mich schon wieder", blaffe ich und greife zu meiner Pistole.

„Ich schwöre es dir …", sagt Keith und hebt erneut beide

Hände. „Ich glaube ...", erzählt er schnell weiter, „ihm ging es nicht um das Geld. Die Steine sind fünf Mal so viel wert, wie er haben wollte ... oder er ist ein Idiot und hat keine Ahnung von Diamanten."

„Doch du hast sie jetzt!", bemerke ich abfällig. „Wieso bist du dann gerade zu mir gekommen, um die Steine zu verkaufen?"

„Ganz einfach ... du bist Mitglied des hochangesehenen Diamond Traders Clubs in New York und außerdem haben wir früher schon Geschäfte zusammen gemacht."

„So viele waren es nicht ... ich kann mich nur an eins erinnern", knurre ich. „Und um das Interesse und den Preis an den Steinen noch etwas nach oben zu puschen, hast du die Informationen von dem angeblichen Überfall in Angola so gestreut, dass sie ihre Wirkung nicht verfehlen konnten!"

„Aber es hat doch prima geklappt", freut sich Keith.

„Wohl nicht so ganz ... du hast vergessen, dass es einen Edward Bright gibt, denn ab jetzt stehst du auf seiner Todesliste und die hat bis jetzt noch niemand überlebt."

„Was? Das meinst du nicht im Ernst, oder? Hey, Aiden ... mach keinen Scheiß!" Augenblicklich erstirbt Keiths freches Grinsen.

„Doch ... ich habe mich vorhin mit ihm getroffen. Er will seine Steine wieder zurück und du darfst zum Dank weiterleben. Trotzdem würde ich dir raten, in Zukunft Afrika zu meiden. Einen Edward Bright betrügt man nicht um mindestens eine halbe Million Dollar. So was nimmt er gern persönlich."

„Ich konnte doch nicht wissen, dass die Steine geklaut waren", verteidigt sich Keith.

„Jetzt reicht es mir!", brülle ich.

„Schon okay ... beruhige dich wieder ... natürlich war mir klar, dass die Diamanten irgendwo herkommen und sie auch jemandem gehören. Doch die Versuchung war einfach zu groß ..."

Keith sitzt auf dem Bett mit hängenden Schultern - wie ein kleiner Junge, dem der Vater gerade eine Standpauke hält und nuschelt: „Heißt das jetzt ... ich gehe leer aus?"

„Nein ... du darfst leben ... das ist mehr als du erwarten kannst. Außer ... du behältst die Diamanten ... dann bist du ab jetzt auf dich allein gestellt."

„Habe ich denn eine Wahl?", fragt Keith trotzig.

„Die hat man immer ... du musst dich nur zwischen Leben und Tod entscheiden", bemerke ich zynisch.

„Ha, ha ... wie lustig von dir ... deine Worte klingen so endgültig ..."

„Also ... treffe deine Entscheidung!", dränge ich.

„Verdammte Scheiße!", flucht er und steht auf. Auf dem Weg zum Kleiderschrank folgen noch diverse andere Schimpfworte, die ich alle schon mal in meinem Leben gehört habe. Trotzdem greife ich vorsichtshalber zu meiner Waffe - für den Fall, dass Keith eine Flucht erwägt. Doch er kramt in den Taschen seiner Jacke und kommt mit einer mir nicht unbekannten schwarzen Schachtel zum Tisch und legt diese genau neben meine Pistole. Ohne mich dabei anzusehen, murmelt er: „Und wer garantiert jetzt für meine Sicherheit?"

Bevor ich ihm antworte, nehme ich die Hand von meiner Waffe, ziehe die Schachtel langsam zu mir und öffne sie. Natürlich kann ich nicht zu einhundert Prozent genau beschwören, dass sich wirklich noch alle Diamanten darin befinden und nehme an, dass Keith für den *Notfall* den einen oder anderen Stein bereits entnommen hat. Doch mein flüchtiger Blick wird sofort von dem roten Diamanten angezogen und damit sind die restlichen Steine nur noch Nebensache.

„Du hast keine Garantie und wirst mir vertrauen müssen!", sage ich und sehe ihn dabei finster an.

„Verflucht! Und ich wette, du kennst Edward Bright persönlich!"

Seine Vermutung werde ich nicht kommentieren und stehe – zwar noch schwerfällig – aus dem Sessel auf, nehme meine Pistole und stecke sie mir am Rücken in den Hosenbund unter das schwarze T-Shirt. Die Schachtel mit den Diamanten lasse ich in meiner rechten Hosentasche verschwinden. Kurz bevor ich das Zimmer verlasse, will ich noch eins von Keith wissen: „Woher stammen die Blessuren in deinem Gesicht?"

„Von einer Kneipenschlägerei in Harlem ...", erhalte ich als Antwort.

Na dann.

***

Mit den neuen Erkenntnissen aus dem Verhör von Keith ist es unumgänglich, dass ich mich sofort mit Edward in Verbindung setzen muss. Das aber erst, nachdem ich in meinem Hotelzimmer die Diamanten im Safe deponiert habe.

Als hätte er meinen Anruf bereits erwartet, nimmt Edward nach dem zweiten Klingeln das Gespräch an. „Ich habe die verschollene Weinlieferung", sage ich und Edward schlägt mir für den nächsten Tag einen Übergabepunkt vor. Dafür muss ich in das fünfzig Kilometer entfernte

Johannesburg, deshalb gilt mein nächster Anruf Mr. Johnson, mit der Bitte, mich dorthin zu fahren.

Den Rest des Tages verbringe ich damit, meinem geschundenen Körper etwas Ruhe zu gönnen und ein paar wichtige Online-Geschäfte zu tätigen - bis mir die Augen vor Erschöpfung und Müdigkeit zufallen.

Kapitel 8

Carina ruft mich bereits zum dritten Mal an diesem wunderschönen Morgen an, doch ich weigere mich, mit ihr zu sprechen. In einer Nachricht habe ich ihr mitgeteilt, dass ich mich allein um die Belange ihres Chefs kümmern werde.

Ich bin mir sicher, dass sie damit nicht einverstanden ist.

Mr. Johnson steuert gerade den Wagen in die noble Einfahrt des wohl teuersten Hotels in ganz Südafrika. Dass der Eigentümer Edward Bright heißt, ist nicht verwunderlich und erübrigt die Frage, warum das Treffen in Sandton, einem nördlichen Vorort von Johannesburg, und in diesem Hotel stattfindet.

Nach Sandton sind in den letzten Jahren bedeutende Firmen umgezogen, weil das Stadtzentrum von Johannesburg sich zu einem gefährlichen und dadurch unattraktiven Standort entwickelt hat.

Während Mr. Johnson in dem klimatisierten Foyer auf mich warten soll, fahre ich mit meiner wertvollen Fracht in die oberste Etage und werde sofort, nachdem ich den Fahrstuhl auf der Dachterrasse verlasse, von zwei bewaffneten Sicherheitskräften in Empfang genommen. Diese geleiten mich zu Edward, der am Rand der üppig bepflanzten Terrasse steht und sich gerade eine Zigarette anzündet.

Als er mich entdeckt, ruft er mir entgegen: „Wo hast du deine schöne Halbschwester gelassen?"

„Ich habe ihr Ausgehverbot erteilt, aber so wie ich sie kenne … wird sie sich nicht daran halten. Ich schätze …", sage ich mit dem Blick auf meine Armbanduhr, „sie wird in spätestens fünfzehn Minuten hier auftauchen."

„Ist sie echt so gut?"

„Ja … sie hat ihre Ausbildung im *Nahen Osten* absolviert!"

„Oha …", bemerkt Edward und zieht noch einmal kräftig an seiner Zigarette. Zwei Sekunden später spüre ich eine feste Umarmung von ihm. „Du siehst Scheiße aus", begrüßt er mich.

„Wegen dir bin ich mit in dieses fürchterliche Elendsviertel gefahren", murre ich und klopfe Edward mit beiden Händen auf den Rücken zur Begrüßung.

„Warum hast du mir nichts davon erzählt?", fragt er mich vorwurfsvoll.

„Ich fand die Idee … erneut mit dem Tod zu flirten … gut und außerdem hatte ich zwei Verfolger am Hintern, denen ich ein perfektes Ablenkungsmanöver vorspielen musste."

„Du meinst diesen Kleinkriminellen Keith und deine Halbschwester … wie bist du eigentlich auf diese irrsinnige Idee gekommen, mir Carina als diese vorzustellen? Übrigens … sie hat noch sieben Minuten …", bemerkt Edward süffisant.

„Sie wird es schaffen … ähm, um deine Frage zu beantworten … wir haben wirklich lange überlegt", sage ich und grinse dabei. „Dass du uns die Show nicht glauben würdest, war mir schon klar, aber Hauptsache, sie tat es …", sage ich mit dem Blick auf die Skyline von Sandton. Natürlich ist sie nicht mit der von New York zu vergleichen, doch imposant ist sie allemal.

„Mr. Bright", ruft einer der Sicherheitsleute und kommt auf uns zu, „im Hotel wird mir gerade eine weibliche Person gemeldet, die sich nach Mr. Collister erkundigt."

Als wir das hören, sehen wir gleichzeitig auf unsere Uhren und Edward nuschelt daraufhin: „Sie ist überpünktlich …"

„Sag ich doch … auf sie ist Verlass!"

„Schnappt sie euch und bringt sie hierher!", schnarrt Edward seinen Leuten zu und diese setzen sich sofort in Bewegung.

„Wird sie sich wehren?", will er von mir wissen.

„Da bin ich mir sicher … deine Leute sollten sich vor ihr in Acht nehmen …"

„Tz tz … du kennst Frauen …", sagt er und grinst mich frech an. „Trinken wir auf unsere Freundschaft", schlägt Edward vor und bittet mich, in einem der überaus bequemen Sessel Platz zu nehmen. „Bourbon?", fragt er und gibt mit einer flapsigen Handbewegung dem bereitstehenden Personal zu verstehen, dass er bedient werden möchte. Diese kommen natürlich sofort herbeigeeilt und in dem Moment, wo ich meinen Whiskey vor mir stehen habe, schleppen zwei Sicherheitsmänner eine sich heftig wehrende Carina heran.

„Ihr könnt sie jetzt loslassen", sage ich mit dem Blick zu ihr.

„Sir?", fragt einer der Männer Edward, um sich zu versichern, ob sie meinem Befehl gehorchen sollen.

„Sie ist sein Problem …", lacht Edward, „und wenn er es sagt, dann tut es gefälligst auch!"

Ich zeige auf den Sessel neben mir und die beiden

Männer stopfen Carina förmlich hinein. Nach Luft schnappend und vor Wut schnaubend, sitzt sie neben mir und ich schiebe ihr als versöhnliche Geste mein Glas Whiskey hin. Natürlich muss ich damit rechnen, dass sie das Glas nimmt und mir den Inhalt ins Gesicht schüttet. Doch stattdessen setzt sie es an und trinkt es in einem Zug aus.

Edward beginnt daraufhin, ein Loblied auf sie zu flöten und ich nehme das leere Glas und bitte das Personal mit einem Handzeichen um Nachschub.

„Du bist ein Arschloch, Collister", flucht sie und sieht mich angewidert an.

„Findest du?"

„Ja … warum habe ich dich bloß aus dem Elendsviertel gerettet", faucht sie weiter.

„Du hast ihn dort am Sterben gehindert", wirft Edward sarkastisch ein. „Er flirtet gern mit dem Tod", setzt er nach.

„Warum mussten wir dann gestern dieses bescheuerte Ablenkungsmanöver inszenieren?" Carinas Ton wird nicht versöhnlicher und den zweiten Whiskey trinke ich jetzt besser selbst. Obwohl - in der Kombination mit den starken Schmerztabletten ist das keine so gute Idee.

Egal.

„Na ja …", sage ich, „ich wusste bis zu dem Zeitpunkt noch nicht, ob ich dir vertrauen kann."

„Und jetzt weißt du es?", blafft sie.

„Ich denke schon …"

„Du denkst?"

„Ja … ab und zu tue ich das."

„Ihr zwei klingt wie ein altes streitendes Ehepaar", mischt sich Edward belustigt ein. Dafür erhält er von mir einen vernichtenden Blick.

„Sorry ...", druckst Edward und steckt sich eine weitere Zigarette an. „Sag jetzt nichts ...", murrt er in meine Richtung. „So süchtig nach dem Tod wie du bin ich nicht", setzt er nach.

„Dann höre auf zu rauchen!"

„Du solltest deine Klappe halten, Mann!"

„Wie lange kennt ihr euch eigentlich schon?" Mit ihrer Frage unterbricht sie unsere sinnfreie Diskussion.

„Ähm ...", nuschelt Edward mit der Zigarette im rechten Mundwinkel. „Von Geburt an ..."

„Was?", fragt Carina und sieht mich mit weit aufgerissenen Augen an. „Der lügt, oder?"

„Nein ... leider nicht. Ich kenne den Bastard wirklich schon so lange", sage ich mit einem fetten Grinsen im Gesicht.

„Soll ich ihr *unsere* Geschichte erzählen?", fragt mich Edward.

Für einen Moment überlege ich, ob das eine gute Idee ist, denn nicht einmal meine verstorbene Frau kannte sie. „Ja ... ich glaube, Carina verkraftet sie!"

„Tja ... wo fange ich an", beginnt Edward nachdenklich, kratzt sich dabei an seinem unrasierten Kinn und lehnt sich in dem Sessel zurück. Dann nimmt er noch einen tiefen Zug von seiner Zigarette und beginnt zu erzählen: „Wir sind im ehemaligen Rhodesien ... dem heutigen Simbabwe aufgewachsen ... und unsere Väter waren beide Diamanten-Händler. Wie das Schicksal es so wollte, arbeiteten unsere Mütter in der Gemeinde. Gewohnt haben wir nur ein paar Kilometer entfernt ... wie das halt so ist, wenn man in Afrika lebt ..."

„Rhodesien war doch bis 1980 immer noch Kronkolonie von England, oder täusche ich mich?", bemerkt Carina.

„Das ist etwas komplizierter …", beginne ich zu erzählen. „1965 hat sich das Land für unabhängig erklärt, was aber von keinem Staat der Welt anerkannt wurde und als dann in den siebziger Jahren die schweren Guerillakämpfe ausbrachen, hat mein Vater meine Mutter, Schwester und mich zurück nach London gebracht. Von daher stammt meine Familie. Edwards Familie ist damals in Rhodesien geblieben."

„Wie alt wart ihr beiden da?"

„Dreizehn …", sagen wir gleichzeitig, denn diesen Tag werden wir in unserem Leben nicht vergessen. Dort bin ich das erste Mal in meinem Leben gestorben und es hat mich unendlich traurig gemacht, dieses Land und die Freundschaft mit Edward aufzugeben. Aber mein Vater hat wohl das Unheil, was uns wahrscheinlich auch ereilt hätte, vorausgesehen - jedenfalls blieb er hartnäckig bei seiner Entscheidung.

„Während Aiden in London das feine Leben genoss", erzählt Edward weiter, „kämpfte ich mit meiner Familie um unser aller Überleben. Nach der Umbenennung des Landes waren wir weißen Menschen nicht mehr gern gesehen und viele von ihnen fielen den entsetzlichen Massakern zum Opfer. Meine Familie erwischte es fünf Jahre später …", knurrt Edward und greift zu seinem Glas Whiskey, was er sofort leert.

„Was ist denn passiert?" Carina hängt uns förmlich an den Lippen und saugt vor Anspannung jedes Wort, was wir sagen, in sich auf.

Da Edward so gut wie nie über diesen Vorfall spricht, übernehme ich das für ihn: „Seine Schwester und Mutter wurden von Rebellen verschleppt. Als ich damals davon erfahren habe, bin ich sofort und ohne die Erlaubnis meiner

Eltern zurück nach Afrika geflogen und habe mich der zwischenzeitlich gegründeten Söldnertruppe von Edward angeschlossen. Zwei Jahre lang haben wir jeden Winkel des Landes durchstöbert, bis wir sie endlich gefunden haben ... verstümmelt und am Strick aufgehängt. Sie wurden wohl als Sklavinnen gehalten, bis man ihrer überdrüssig wurde. Unsere darauffolgende Rache war von bitterer Grausamkeit gekennzeichnet."

„Da würde ich auch absolut keine Gnade kennen", murmelt Carina tief betroffen. Für diese Aussage bedenke ich sie mit einem dankbaren Blick.

Ich wusste, sie würde uns verstehen.

„Mein Vater ...", mischt sich Edward wieder in das Gespräch ein, „hat sich nie verzeihen können, dass er seine Familie nicht nach England brachte und erschoss sich ... nachdem er vom Tod der beiden erfuhr ... am nächsten Tag."

„Das ist ja schrecklich", ruft Carina. „Aber eure Freundschaft ist über die langen Jahre erhalten geblieben ..."

„Natürlich! Aiden hat mich bedingungslos durch die schlimmste Zeit in meinem Leben begleitet. So etwas vergisst man nicht."

„Das bezweifle ich keine Sekunde ... aber jetzt lebt der eine hier in Südafrika und der andere in New York ..."

„Du willst also wissen, wie es mit unserer Freundschaft weiterging?", frage ich sie.

„Unbedingt!", antwortet sie und sieht dabei abwechselnd von Edward und dann zu mir.

„Na ja ... meinen Vater", beginne ich, „plagten einige gesundheitliche Probleme und deshalb bin ich nach insgesamt drei Jahren in Afrika wieder nach London zurückgegangen und Edward hat sich hier in der Nähe von Kapstadt häuslich eingerichtet."

„Jetzt kommt der romantische Teil", kündigt Edward mit tiefer Stimme an und veranstaltet mit seinen Zeigefingern einen Trommelwirbel an der Tischkante. „Mr. Collister lernte Jahre später in London die Liebe seines Lebens kennen und ich meine Frau."

„Sie ist die Tochter des größten Weinbauern in der Gegend …", ergänze ich süffisant.

„Ahhh … eine arrangierte Ehe … wirklich sehr romantisch", stellt Carina mit einem Hauch Ironie fest.

„Nein, Liebes, eine wohlkalkulierte und sehr profitable Ehe", berichtigt er sie. „Ich kann dieser hirnrissigen Romantik nichts abgewinnen, dafür Aiden umso mehr."

Romantik? Die Zeiten sind vorbei!

„Oh … verstehe", sagt Carina und mustert mich skeptisch von der Seite.

Wenn ich auf mein Leben zurückblicke, dann bin ich von einem Extrem in das nächste gerutscht und habe nicht die geringste Ahnung, was in der Zukunft auf mich wartet.

„Keith hat vorhin äußerst hastig das Hotel verlassen", flüstert mir Carina zu und holt mich damit aus meinen Gedanken. „Das habe ich ihm auch geraten", knurre ich und sage an Edward gewandt: „Reden wir über das Geschäft … deshalb bin ich hier."

Augenblicklich hole ich die schwarze Schachtel mit den Diamanten aus meiner Jackett-Innentasche. Diese schiebe ich über den Tisch zu ihm und sage bedeutungsschwer: „Der Unterhändler dieser Steine hatte eine Narbe über der Augenbraue …"

„Und wahrscheinlich auch am Hals …", ergänzt Edward mit tiefer Stimme.

Daraufhin tauschen wir - für einen Moment und für niemanden sonst kaum wahrnehmbar - einen vielsagenden Blick aus.

„Wir sollten noch etwas trinken", beschließt Edward und winkt das Personal erneut zu sich heran. „Bringen Sie gleich die ganze Flasche", ruft er und meint damit den Whiskey. „Ach ... übrigens, Süße", säuselt er zu Carina, „ich habe etwas für dich ...", und schiebt ihr die braune Ledermappe, die die ganze Zeit bereits auf dem Tisch liegt, zu ihr hinüber. „Allerdings rate ich dir, so schnell wie möglich das Land zu verlassen ... Mr. De Beek hat nicht gerne Zeugen von seinen ... sagen wir ... blutigen Geschäften."

Bei Edwards zweideutigen Worten horche ich auf und sage zu Carina: „Deshalb solltest du mich auch nicht nach Musina begleiten!"

Diese schweigt zu meinem Vorwurf und öffnet fast schon ehrfürchtig die Mappe. Darin liegt ein weißer Briefumschlag.

„Sieh nach, ob die Zertifikate echt sind", fordert Edward sie auf.

Daraufhin holt Carina aus ihrer Handtasche ihr Smartphone heraus und tippt auf dem Display herum. „Ich habe damals die Zertifikatsnummern zur Sicherheit abfotografiert ...", erklärt sie.

„Schlaue Prinzessin", lobt Edward.

„Sie haben bei der Fälschung nur die Nummern geändert und nicht die Laserhologramme? Das ist aber verdammt auffällig", sage ich nachdenklich.

Doch Carina scheint mir schon nicht mehr zuzuhören und vergleicht ihre Fotos mit den jetzt vor ihr liegenden Zertifikaten.

In der Zwischenzeit betreibe ich mit Edward etwas

Smalltalk - zumindest könnte man das als Außenstehender denken - doch in Wirklichkeit verabreden wir uns zu unserem nächsten Treffen.

„Die Jagdsaison ist eröffnet", brummt Edward, während er sich eine weitere Zigarette anzündet.

„Ihr geht jagen?", fragt Carina, ohne aufzusehen und verzieht voller Abscheu das Gesicht. „Ihr seid widerlich!", setzt sie nach.

Edward und ich schweigen und grinsen uns verstohlen an.

In der Zwischenzeit ist sie mit der Kontrolle der Zertifikate fertig und atmet auf. „Jetzt sind es die richtigen", sagt sie und wirkt sichtlich erleichtert.

„Dann solltet ihr euch so schnell wie möglich auf den Weg nach New York machen, bevor ich es mir anders überlege und euch noch umbringe ...", scherzt Edward.

„Lustig!", zischt Carina und steht auf.

„Ihr könnt meine Maschine nehmen ...", schlägt Edward vor. „Sie ist in zwei Stunden startklar", sagt er mit bestimmtem Nachdruck in seiner Stimme.

Ich weiß auch, warum.

„Und wie kommst du zurück nach Kapstadt?", frage ich.

„Ich bleibe noch ein paar Tage hier und genieße die Aussicht auf die Stadt", erklärt er mit einer gewissen Zweideutigkeit.

„Ja ... die Blumen sind hier tatsächlich eine Augenweide", bemerke ich süffisant und stehe ebenfalls auf. Edward folgt mir und die Verabschiedung fällt heute relativ kurz aus. Wir wissen, dass wir uns bald wiedersehen.

***

Anstatt mit Mr. Johnson zurück nach Pretoria zu fahren, bin ich zu Carina ins Auto gestiegen, denn ich habe mir zum Ziel gesetzt, sie sicher mit den Zertifikaten und den Diamanten von Mr. De Cook zurück nach New York zu bringen.

„Das war eine wirklich außergewöhnliche Besprechung", beginnt sie, nachdem wir schon eine beachtliche Strecke nach Pretoria zurückgelegt haben.

„Findest du?", frage ich scheinheilig.

„Natürlich! Ich habe dabei Dinge erfahren, von denen ich nur gehört habe ... und dass du früher als Söldner gearbeitet hast, verblüfft mich noch immer und ich kann das auch irgendwie gar nicht glauben. Ich habe dich total unterschätzt!"

„Ich hoffe, dir ist klar, dass das unser Geheimnis bleiben muss! Ich meine, mein zweites Leben und die Freundschaft zu Edward! Und solltest du dich fragen, was Edward und ich mit dem schmutzig verdienten Geld machen: wir finanzieren in unserem ehemaligen Heimatdorf ein illegales Frauenhaus ... also dorthin können Frauen flüchten, denen ... durch welche Umstände auch immer ... Gewalt angetan wurde ... das haben wir vor dreißig Jahren, nachdem wir Edwards Schwester und Mutter gefunden hatten, gegründet."

„Wow ...", sagt Carina, nimmt den Fuß vom Gaspedal und mustert mich intensiv.

„Sieh auf die Straße", blaffe ich mit gespielter Ernsthaftigkeit. Doch stattdessen hält sie am Straßenrand an, macht den Motor aus und fragt mich: „Habe ich das jetzt richtig verstanden, dass ihr dieses Frauenhaus noch heute finanziell unterstützt?"

„Das hast du!"

„Aber das ist doch fantastisch", ruft sie aus und strahlt mich an.

„Es bleibt trotzdem ein schmutziges Geschäft ...!"

„Das sehe ich etwas anders ... irgendwie finde ich dich jetzt noch viel sympathischer", sagt sie, wirft mir einen verstohlenen Blick zu und startet den Motor. Erst als sie sich wieder in den fließenden Verkehr eingereiht hat, murmle ich: „Geht mir nicht anders", und füge danach hinzu: „Ja ... nicht alles, was man über Afrika hört, ist erlogen ..."

„Da hast du wohl leider recht   was mich noch interessiert, Aiden, Mr. Johnson ..."

„Arbeitet für Edward!"

„Und die Privatmaschine, mit der wir gestern nach Kapstadt geflogen sind, wem gehört die?"

„Ebenfalls Edward! Noch weitere Fragen?"

„Ja! Wie geht es jetzt mit den Blutdiamanten weiter?"

„Edward lässt sie durch De Beek reinwaschen, was er sich natürlich königlich bezahlen lässt und mit neu ausgestellten Zertifikaten gibt er sie als konfliktfreie Ware in den Verkauf, den ich natürlich übernehme. Und irgendwo auf der Welt gibt ein Idiot von Mann sein hart erarbeitetes Geld aus, damit er seiner Freundin, Frau, Affäre oder was auch immer, so einen funkelnden Stein kaufen kann."

„Also mir brauchst du keinen Diamanten zu schenken", scherzt Carina und tritt dabei das Gaspedal durch.

„Das beruhigt mich ungemein", antworte ich und muss schmunzeln. Ihre Direktheit finde ich bemerkenswert. „Es war mir übrigens eine Ehre, dich kennenzulernen und vielleicht laufen wir uns in New York noch einmal über den Weg."

„Das kann ich nur bestätigen ... und ich möchte

keinesfalls den Kontakt zu dir verlieren ... versprich mir, mich mitzunehmen, wenn du dieses Frauenhaus in Simbabwe wieder einmal besuchst."

„Das lässt sich einrichten", sage ich und bin mehr als nur überrascht von ihrer Bitte.

Drei Atemzüge später murmelt sie: „Doch jetzt verschwinden wir von hier und bringen meinem Chef seine Diamanten wieder."

Kapitel 9

D ie nette Flugbegleiterin teilt mir gerade mit, dass wir in einer halben Stunde in New York landen. Das wird auch langsam Zeit nach einem sechzehnstündigen Flug mit einer Zwischenlandung in London.

Als Carina das hört, atmet sie tief durch und sagt: „Bin ich froh."

Ihre Übelkeit hat sie erneut eingeholt und ich habe das Gefühl, ihr geht es von Stunde zu Stunde schlechter. Irgendetwas stimmt nicht mit ihr und mein Bauchgefühl täuscht mich so gut wie nie.

Plötzlich fängt Carina, die neben mir sitzt an, in ihrer Aktentasche zu kramen. Daraus holt sie die Zertifikate und die dazugehörigen Diamanten, die ich ihr noch vor dem Abflug ausgehändigt habe, damit sie diese später Mr. De Cook übergeben kann.

„Nimm du sie an dich", bittet sie mich leise.

„Warum das denn?", frage ich und sehe sie irritiert an.

„Mein Freund holt mich vom Flughafen ab und bestimmt sind wieder seine drei nichtsnutzigen Brüder dabei. Seit die vor vier Wochen illegal über die Grenze gekommen sind und nun bei uns wohnen, ist nichts mehr so wie es früher war. Und wenn sie mitbekommen, dass ich Diamanten zu Hause rumliegen habe, war's das."

„Das klingt aber nicht gut", sage ich und schon beginne ich mir, Sorgen um sie zu machen. Vier Männer und nur eine Frau - auch wenn sie im *Nahen Osten* ihre Ausbildung hatte – allein kommt sie nicht gegen diese Übermacht an.

„Das wird schon … nur die Sache mit den Diamanten ist mir zu heikel."

„Wir können sie morgen gern zusammen zu Mr. De Cook bringen", schlage ich vor.

„Das ist eine gute Idee."

„Du hast meine Adresse und Telefonnummer?", frage ich spöttisch. Immerhin hat sie mich lange genug ausspioniert.

„Ich glaube … ja", sagt sie und lächelt dabei.

In den letzten Tagen habe ich Carina ein bisschen in mein Herz geschlossen. Sie ist wirklich eine bemerkenswerte Frau und ich hoffe, ihr Freund weiß das zu schätzen. Ich hingegen gehe zurück in meine Einsamkeit und weiß noch gar nicht, was ich mit dem Rest des Tages anfangen soll. Wahrscheinlich schlafen, denn der lange Flug hat mich ganz schön geschafft und wäre ohne die starken Schmerzmittel kaum zu überstehen gewesen.

***

Die sechs Stunden Zeitverschiebung - in New York ist es erst Mitternacht und in Pretoria bereits 6 Uhr morgens am darauffolgenden Tag - bringen meinen bereits gestörten Lebensrhythmus noch mehr durcheinander. Den ganzen Tag habe ich geschlafen und jetzt bin ich natürlich hellwach. Zu meiner großen Überraschung hat sich Keith bei mir gemeldet und mich zur Versöhnung auf ein Bier in den nächsten

Tagen eingeladen. Er scheint also ebenfalls wieder in der Stadt zu sein.

Gerade will ich es mir auf meiner Couch bequem machen, da klingelt es ungehalten an meiner Gegensprechanlage. Am Klingelton kann ich erkennen, ob es der Portier oder ein Besucher ist.

„Wer soll das um diese Uhrzeit sein?", murre ich vor mich hin.

Etwas schwerfällig stehe ich auf und laufe zur Gegensprechanlage, drücke den Knopf und sage: „Ja, bitte!"

„Mr. Collister", beginnt aufgeregt der Portier, „hier liegt eine schwerverletzte Frau auf den Eingangsstufen und sie sagt, sie möchte zu Ihnen!"

„Was? Ich bin sofort da!"

Ohne zu wissen, wer die Frau ist, schnappe ich mir meine Wohnungsschlüssel, die auf dem Regal im Flur liegen und schlüpfe in die erstbesten Sneakers, die ich finden kann. Mit einem heftigen Ruck ziehe ich die Tür hinter mir zu und renne die Treppen hinunter. Erst auf den Fahrstuhl zu warten, dauert mir zu lange.

Ich habe keine Ahnung, wie ich es in nur so kurzer Zeit geschafft habe, aber ich komme gerade dazu, als der Portier die verletzte Frau ins Foyer bringt. Sofort erkenne ich, wer es ist: Carina, die sich vor Schmerzen krümmt. Als sie mich entdeckt, röchelt sie: „Es tut mir leid, Aiden, dass ich dich hier belästige, aber ich wusste nicht, wohin ich sonst gehen soll."

Ich bin genau in dem Moment bei ihr, als sie zusammensackt und kann sie gerade noch auffangen. Ihr Gesicht ist von Faustschlägen oder vielleicht auch Tritten fürchterlich entstellt und sie hat bestimmt am gesamten Körper Brüche oder zumindest schwere Prellungen. Doch als ich weiter an ihr heruntersehe, entdecke ich, wie ihr das Blut an den Beinen entlangläuft und sich sofort eine Lache bildet.

„Wer hat dir das angetan und was haben sie mit dir gemacht?", frage ich und streiche ihr vorsichtig die Haare aus dem entstellten Gesicht.

„Aiden, ich bin schwanger und mein Freund denkt, das Kind ist von dir", wimmert sie.

„Was? Ich habe dich weder angegriffen, noch geküsst und von gemeinsamem Sex waren wir Lichtjahre entfernt … aber warum hast du mir das nicht schon eher erzählt … ich meine, dass du schwanger bist. Jetzt wissen wir auch, warum es dir in den letzten Tagen so übel war."

„Ich wollte es nicht wahrhaben … und die Schwangerschaft ist auch noch nicht weit vorangeschritten."

„Und wieso verdächtig mich dein idiotischer Freund?"

„Weil wir uns am Flughafen mit einer innigen Umarmung verabschiedet haben."

„Was für ein Blödmann … das war aus purer Freundschaft und weil wir lebend in New York wieder angekommen sind. Hat er dir das deshalb angetan?"

„Nein, nicht er persönlich … das waren seine drei nichtsnutzigen Brüder … aber er hat sie beauftragt! Das werden sie büßen", grollt Carina.

„Das erledigen wir später. Jetzt bringe ich dich erstmal ins Krankenhaus", sage ich mit dem Blick auf die immer größer werdende Blutlache unter ihren Beinen.

„Was ist mit dem Baby?", fragt sie weinerlich.

„Ich bin kein Arzt, Carina, aber die Blutungen bedeuten nichts Gutes."

„Ich weiß …", schluchzt sie und fängt bitterlich an zu

weinen. Automatisch drücke ich sie fester an mich und sie tut mir dabei so unendlich leid.

Wie kann man einer Frau nur so etwas antun?

Während Carina sich vor Schmerzen in meinen Armen windet, bitte ich den Portier, mein Auto aus der Tiefgarage zu holen und es vor der Tür mit laufendem Motor zu parken.

Nur wenige Minuten später fahre ich im rasanten Tempo durch New Yorks beleuchtete Straßen und bringe Carina in das Krankenhaus, wo meine Frau ebenfalls behandelt wurde.

Eigentlich habe ich mir geschworen, dieses Haus nie wieder zu betreten, aber das jetzt ist ein Notfall und Carina hat ebenfalls nur die beste medizinische Behandlung verdient.

Da ich mich hier bestens auskenne - ich musste mit Josephine nicht nur einmal zur Notaufnahme fahren - presche ich die Auffahrt entlang und gebe mit einem lauten Hupkonzert den anwesenden Ärzten und Helfern zu verstehen, dass ich dringend Hilfe benötige. Sofort kommen zwei Personen aus dem Gebäude gestürzt und gleichzeitig steige ich aus meinem Auto aus.

„Sie ist schwer misshandelt worden und ... sie ist schwanger!", rufe ich ihnen entgegen.

Bei dem Wort *schwanger* stocken die Ärzte zuerst und einer davon rennt zurück und brüllt irgendwelche Anweisungen. Jedenfalls kommt er nach ein paar Atemzügen mit einer fahrbaren Trage und zwei weiteren Helfern zurück. In der Zwischenzeit kümmert sich der zweite Arzt um Carina und spricht ihr gut zu. Was anderes kann er in diesem Moment nicht tun.

Doch dann geht alles ganz schnell. Natürlich haben die Ärzte die Blutlache in meinem Auto sofort entdeckt und dementsprechend vorsichtig holen sie Carina heraus und legen sie auf die Trage. Im Eiltempo bringen sie sie ins Gebäude und Sekunden später stehe ich alleine da.

Plötzlich habe ich alle möglichen Krankenhausbilder von Josephine wieder vor meinem geistigen Auge und spüre, wie mir das Atmen schwerfällt.

In diesem Zustand spricht mich eine Krankenschwester an und fragt, ob sie etwas für mich tun kann. Sie muss mich wohl beobachtet haben.

Wie in Trance schüttle ich den Kopf und steige wieder ins Auto. Die Suche nach einem Parkplatz gestaltet sich schwieriger als gedacht und erst nach der dritten Runde finde ich einen. Vielleicht waren aber auch noch weitere frei und ich habe sie in meiner Verwirrtheit einfach übersehen. Dieser Zustand hält noch eine Weile an und ich wundere mich, wie ich es geschafft habe, in dem riesigen Gebäude mit den unendlich vielen Gängen den richtigen Flur zu finden.

Als ich erfahre, dass Carina schon für den OP-Raum vorbereitet wird, bin ich wieder hellwach.

„Wie bitte?", frage ich die Stationsschwester, um sicher zu gehen, ob ich das jetzt auch richtig verstanden habe.

„Ihre Frau hat so schwere innere Bauchverletzungen, dass sie beinahe verblutet wäre."

Hat sie jetzt meine Frau zu mir gesagt?

„Und wird sie überleben?", frage ich und die Angst kriecht an mir hoch. Das Gefühl kenne ich nur zu gut.

„Sie ist in den besten Händen", erhalte ich als Antwort.

Diesen Satz habe ich schon zur Genüge gehört.

Die nächsten zwei Stunden verbringe ich damit, den Gang von etwa zehn Metern auf und ab zu laufen und einen Kaffee nach dem anderen zu trinken. Als der Arzt endlich aus dem OP-Raum kommt, laufe ich ihm wie ein wahr gewordener Zombie entgegen.

„Ihrer Frau geht es den Umständen entsprechend gut", beginnt er. „Sie hat sehr viel Blut verloren und leider das Baby auch …"

„Oh …", röchle ich.

„Und zu meinem Bedauern muss ich Ihnen noch mitteilen, dass sie aufgrund der schweren Bauchverletzungen wahrscheinlich keine weiteren Kinder bekommen kann."

Diese Nachricht trifft mich so heftig, dass ich mich nur wegdrehen kann und innerlich so viel Wut in mir aufsteigt, dass ich das gesamte Krankenhaus zusammenschreien könnte.

„Wissen Sie, wer für den Überfall verantwortlich ist?", fragt mich der Arzt fürsorglich. Ich bin mir sicher, er kann sich vorstellen, wie es in mir aussieht.

„Ja … ich weiß es!", knurre ich und sehe auf.

Der Arzt tritt bei meinem starren Blick automatisch einen Schritt zurück und sagt: „Auch wenn ich das Ihnen als Arzt nicht sagen darf … aber den oder die Bastarde würde ich mir an Ihrer Stelle schnappen!"

Ich antworte nicht darauf und will nur wissen, ob ich Carina sehen kann.

„Besuchen Sie Ihre Frau morgen früh. Jetzt haben wir ihr ein starkes Schmerzmittel verabreicht, damit sich ihr Körper erst einmal etwas erholen kann. Die seelischen Schmerzen kommen noch zeitig genug."

„Ich danke Ihnen für alles und sollte sie eher wieder wach werden, dann richten Sie ihr bitte aus, dass ich für sie da sein werde."

Mit diesen Worten drehe ich mich um und stürze den

Gang entlang, durch das Treppenhaus und hinaus in die dunkle Nacht.

Dort atme ich erstmal tief die für die Jahreszeit recht milde Nachtluft ein. Erst danach gehe ich zum Auto und wähle augenblicklich über die Freisprechanlage Keiths Telefonnummer.

„Du bist mir noch was schuldig! Ich brauche deine Hilfe", schnarre ich sofort los, nachdem er das Gespräch angenommen hat. Als ich ihm erzähle, was passiert ist, sagt er nur: „Wir treffen uns bei deiner Wohnung!" Dann herrscht Stille in meinem Auto, denn er hat sofort aufgelegt.

Ohne auf irgendwelche Verkehrsvorschriften zu achten, rase ich zu meiner Wohnung zurück und parke mein Auto direkt vor dem Gebäude. Als ich das Foyer betrete, kommt mir der Portier sofort entgegengelaufen. „Was ist mit der jungen Frau? Wird sie wieder gesund?", fragt er aufgeregt.

„Sie wird überleben und vielen Dank für Ihre Hilfe. Ich sehe, Sie haben die Blutspuren schon beseitigt."

„Ja, natürlich, Mr. Collister. Ich bin seit fast vierzig Jahren in diesem Haus Portier, aber sowas habe ich noch nicht erlebt."

„Ich schon", sage ich und gehe weiter in Richtung Fahrstuhl.

„Wer immer das getan hat, der muss zur Rechenschaft gezogen werden", ruft mir der Portier hinterher.

Nichts anderes habe ich jetzt vor.

***

Sobald sich die Fahrstuhltüren öffnen, laufe ich mit großen Schritten den Flur entlang zu meiner Wohnung und schließe ungehalten die Tür auf. Mein Weg führt mich geradewegs in mein Schlafzimmer und dort bleibe ich vor dem großen Elefanten-Porträt - welches an der Wand hängt - stehen, nehme es vorsichtig ab und lege es auf das Bett. Danach ziehe unter meinem linken Hosenbein das in einer Lederhalterung am Fußknöchel befestigte Messer heraus.

Damit klopfe ich solange die Wand ab, bis sich das Geräusch verändert und suche nach einer winzigen Vertiefung unter der Tapete. Dort setze ich die Spitze meines Messers an und führe es solange in der Rille entlang, bis ein Viereck von einem halben Meter Durchmesser entsteht. Jetzt ertaste ich auf der linken Seite des Vierecks eine weitere Vertiefung und kratze mit dem Messer die Tapete darüber weg. Zum Vorschein kommt ein kleiner Schlitz, in den ich den Schlüssel einstecke, den ich seit vielen Jahren als Kettenanhänger um den Hals trage. Da das Schloss über fünfzehn Jahre nicht benutzt wurde, lässt sich der Schlüssel darin dementsprechend schwer drehen. Erst beim zweiten Versuch gelingt es mir, das Schloss zu öffnen und mit etwas Kraftaufwand danach die Tür des eingebauten Tresors.

Der Inhalt darin ist gefährlich, explosiv und erinnerungsträchtig und nicht einmal Josephine wusste davon, denn ich habe den Tresor damals in ihrer Abwesenheit und während der Renovierungsarbeiten einbauen lassen.

Neben meiner - auf Minimalgröße zusammengelegten - Söldnerkleidung liegen diverse Waffen und in einer blauen Schachtel versteckt einige geschliffene Diamanten, die meine finanzielle Notreserve darstellen. Doch das alles ist nicht mein Ziel, sondern ein kleines schwarzes Notizbuch, in dem ich viele Namen und diverse Kontonummern notiert habe. Dieses blättere ich Seite für Seite durch, bis ich endlich *den Namen* gefunden habe, den ich suche.

Also doch! Mein Erinnerungsvermögen funktioniert noch perfekt. In diesem Fall muss ich sagen - leider.

Der Name stimmt mit dem überein, den Mr. De Beek in Musina auf den weißen Zettel geschrieben hat.

Verdammt!

Mit einem unguten Gefühl im Bauch lege ich das Notizbuch wieder in den Tresor zurück, hole mir eine Pistole Kaliber 45 samt dazugehöriger Munition sowie Schalldämpfer heraus und lege diese Gegenstände auf das Bett. Dann schließe ich den Tresor wieder und hänge das Bild davor. Die auf den Boden gefallenen Tapetenschnipsel wische ich mit der Hand vom dunklen Parkettboden zusammen, gehe damit ins Bad und werfe sie in den Abfalleimer.

Dann wasche ich meine Hände, an denen noch das Blut von Carina haftet. Das ist mir in der ganzen Aufregung gar nicht aufgefallen. Auch auf meiner Jeans und dem T-Shirt sind Blutflecken. So will und kann ich die Wohnung nicht verlassen, deshalb entledige ich mich der Sachen und schmeiße alles in den Wäschekorb. Mein flüchtiger Blick auf die Armbanduhr sagt mir, dass ich mich beeilen muss. Keith wird gleich hier sein.

Im Eilschritt laufe ich ins Ankleidezimmer und greife zu einem schwarzen Rollkragenpullover sowie einer Jeans und ziehe beides an. Mein nächstes Ziel ist erneut das Schlafzimmer und die dort befindlichen Waffen, die alle noch auf dem Bett liegen. Zuerst überprüfe ich die Pistole, stecke sie mir am Rücken in den Hosenbund, den Schalldämpfer in die Hosentasche und das Messer schiebe ich zurück in die Halterung am linken Knöchel.

Im Flur schnappe ich mir meine schwarze Lederjacke und

setze ein Basecap auf und genau in diesem Moment vibriert mein Smartphone, was ich gerade in die Hosentasche stecken wollte. Ich schiele auf das Display, lese den Namen Keith und nehme das Gespräch an. „Ja ...", sage ich, greife dabei zu der Schale auf dem Regal, worin die Schlüssel liegen und ziehe die Wohnungstür hinter mir zu. „Ich bin schon auf dem Weg ...", antworte ich auf seine Frage, ob ich startklar bin.

Um eventuell neugierigen Blicken irgendwelcher Hausbewohner aus dem Weg zu gehen, fahre ich mit dem Fahrstuhl in die Tiefgarage und nutze dort den Ausgang zur Straße.

Gerade, als ich dort auftauche, blenden mich die Scheinwerfer eines dunklen Jeeps mit einem Lichtzeichen. Das kann eigentlich nur Keith sein, denke ich.

Bevor ich die Straße überquere, vergewissere ich mich selbstverständlich nach allen Seiten, ob ich irgendwelche mir suspekte Personen entdecken kann. Doch um diese Uhrzeit ist nur ein schwer verliebtes Pärchen und ein männlicher Radfahrer unterwegs. Diese schließe ich als Verdächtige aus. Mit großen Schritten laufe ich weiter auf den Jeep zu und steige schleunigst ein.

„Wo müssen wir hin?", will Keith sofort von mir wissen. Bevor ich antworten kann, startet er bereits den Motor und rollt langsam los.

„Die Straße fährst du jetzt solange geradeaus, bis wir auf die 1th Avenue kommen, biegst dort links ab ... weiter geradeaus bis zur 2163 1th Avenue. Dort muss es irgendwo auf der linken Straßenseite sein."

„Woher weißt du das?"

„Social-Networks", knurre ich. „Auf den einschlägigen

Seiten des Tattoo-Studios waren genug Fotos und Informationen zu finden, sodass ich weiß, wie ich mir Carinas Freund vorstellen muss. Außerdem konnte ich aus den Postings herauslesen, dass beide über dem Tattoo-Studio wohnen."

„Und genau deshalb habe ich diesen Scheiß nicht ...", motzt Keith.

Ausnahmsweise sind wir mal einer Meinung.

Allerdings muss ich zugeben, dass ich mehrere Fake-Accounts auf diversen Plattformen habe, um daraus gewisse Informationen von potentiellen Käufern und deren Umfeld zu beziehen. Es ist immer hilfreich, wenn man vor dem Treffen bereits eine bildliche Vorstellung der Personen hat.

„Hast du schon einen Plan, wie wir vorgehen?", fragt Keith, während er die Straße entlang prescht.

„Ich will erst die Version von Carinas Freund hören ... nicht, dass wir den Kerl jetzt umbringen und er war unschuldig."

„Das sollte jetzt ein Scherz von dir sein!"

„Was meinst du? Den Mord oder die Nachfrage?"

„Natürlich die Nachfrage ...", blafft Keith und wirft mir einen abfälligen Blick zu.

„Wir klären es erst!", sage ich energisch.

„Wie du willst ...", knurrt Keith und schüttelt dabei leicht den Kopf. Er scheint mit meiner Entscheidung nicht einverstanden zu sein. Aber darauf kann ich im Moment keine Rücksicht nehmen. Nicht auszudenken, wenn sich alles ganz anders zugetragen hat.

Kapitel 10

Den Rest der insgesamt zehnminütigen Fahrt verbringen wir schweigend und erst, als wir nur noch ein paar Meter von unserem Ziel entfernt sind, brummt Keith: „Plagen mich schon Halluzinationen oder wartet dort jemand vor dem Tattoo-Studio?"

Tatsächlich steht eine scheinbar männliche Person davor, die eine tief ins Gesicht gezogene Kapuze trägt. Die leicht gebeugte Körperhaltung sagt mir, dass sie nicht aus Langeweile dort steht, zumal es mittlerweile drei Uhr morgens ist.

„Halt an und lass' den Motor laufen!", schnarre ich.

Keith tritt sofort auf die Bremse und der Jeep kommt dadurch abrupt zum Stehen. Die zwielichtige Person im Blick, ziehe ich meine Pistole aus dem Hosenbund und schraube den Schalldämpfer an den Lauf. Keith tut es ebenfalls und als sich die Person plötzlich in unsere Richtung in Bewegung setzt, entsichern wir unsere Waffen fast zeitgleich.

Wir warten, wie eine Schlange, die ihre Beute fest im Visier hat, auf den besten Zeitpunkt, um zuzuschlagen.

„Der Typ scheint es tatsächlich auf uns abgesehen zu haben", murmelt Keith, nachdem die Person die Richtung geändert hat und jetzt frontal auf uns zuläuft. In der rechten

Hand hält er eine Zigarette und die linke ist in seiner Hosentasche versteckt. Sein Gesicht ist immer noch nicht zu erkennen, da er den Kopf gesenkt hält. Ich muss damit rechnen, dass er eine Waffe hat. Und abzuwarten, bis er direkt vor dem Jeep steht, könnte für uns fatale Folgen haben. Deshalb fasse ich einen Entschluss. „Ich gehe dem Typ jetzt entgegen!"

„Und ich sichere dich ab!", sagt Keith.

Ich merke, wir verstehen uns.

Natürlich kann es sein, dass er gar nichts von uns will und nur die Straße - wohin auch immer - entlangläuft. Deshalb verstecke ich beim Aussteigen die Pistole hinter meinem Rücken und warte einen Meter entfernt vom Auto ab. Als die männliche Person in den Lichtkegel des Jeeps tritt, kann ich sein teilweise entstelltes Gesicht sehen. Allerdings ist es mir somit unmöglich, ihn zu erkennen.

„Sind Sie Mr. Collister?", ruft er mir entgegen und hebt dabei beide Hände, um mir zu zeigen, dass er unbewaffnet ist. Anstatt im Auto zu warten, scheint Keiths italienisches Temperament mit ihm durchzugehen, denn er springt aus dem Jeep und zielt sofort auf den Mann. „Wer will das wissen?", schnarrt er ihn an und geht ein paar Schritte auf ihn zu.

„Ich bin der Freund von Mrs. Martínez ... mein Name ist Martin Rodrigues ..."

„Ist dein Name spanischen oder portugiesischen Ursprungs?", will ich sofort wissen.

„Wie bitte?", fragt Martin.

„Beantworte seine Frage!", blafft Keith, obwohl er keine Ahnung hat, warum mich das interessiert.

„Portugiesisch ...", antwortet Martin kleinlaut.

Jetzt wird es interessant.

„Und wieso wartest du hier auf uns?", frage ich weiter.

„Weil ich meine Freundin zu Ihnen geschickt habe …"

„Geschickt?", wiederhole ich und gehe einen Schritt auf ihn zu. Von Carina hörte sich das anders an.

„Ja … als die drei Typen sie nach den Diamanten durchsuchten und keine bei ihr fanden, dann begannen sie mit ihren fürchterlichen Misshandlungen an ihr. Und um das Schlimmste zu verhindern, habe ich mich dazwischen geschmissen und sie zu Ihnen, Mr. Collister, geschickt, damit sie in Sicherheit ist."

„Du bist ein wahrer Held", johlt Keith und zielt mit seiner Pistole auf Martins Kopf.

„Fang mit seinen Knien an", brumme ich.

Keith senkt sofort seine Waffe und nimmt Martins Beine ins Visier.

„Was? Hey, Leute … das ist jetzt nicht euer Ernst … wir sind überfallen worden!", setzt er energisch nach.

Ich kann es leider nicht verhindern, dass bei seinen Worten in mir eine unsägliche Wut aufsteigt, denn ich habe unweigerlich Carina vor meinem geistigen Auge und ihre schlimmen Verletzungen.

„Pass auf …", sage ich und stelle mich vor ihn hin. „Du solltest mir genau *jetzt* die Wahrheit erzählen, denn sonst vergesse ich mich. Und glaube mir, wenn ich mit dir fertig bin, kannst du nichts mehr!"

„Okay … okay …", versucht er zu beschwichtigen. „Ich habe die Typen um viel Geld betrogen. Als ich vor drei Jahren aus Brasilien hierher nach New York kam, um ein neues Leben anzufangen, bin ich mit vierzigtausend Dollar von dort abgehauen. Davon habe ich mir die Einrichtung für das

Tattoo-Studio gekauft und es läuft wirklich gut ... mittlerweile kann ich das Geld wieder zurückzahlen, doch die wollten jetzt das Doppelte ... Zinsen sozusagen ..."

Er kommt aus Brasilien und nicht, wie ich dachte, aus Mexiko.

Das wird immer interessanter.

„Und woher wussten diese Arschlöcher, dass deine Freundin etwas mit Diamanten zu tun hat?", blafft Keith.

„Die müssen sie ausspioniert haben", antwortet Martin.

„Wo war deren Aufenthaltsort hier in New York?", frage ich. Auch wenn ich Carina glaube, so will ich ganz sicher gehen, dass ich ihr vertrauen kann.

„Bei uns ... ich habe sie meiner Freundin als meine Brüder vorgestellt ... aber sie ist nicht blöd ... wisst ihr ..."

„Ach nein ... anscheinend doch, denn sonst hätte sie dich Abschaum nicht als Kerl genommen", sagt Keith und man merkt ihm an, dass er seine Wut kaum noch zügeln kann. Irgendwie verwundert mich das etwas, denn er hat Carina mit ihren schweren Verletzungen gar nicht gesehen. Er weiß es nur von meiner Erzählung und da habe ich manche Dinge verschwiegen. Also warum ist er dann so extrem zornig? Doch um das zu klären, bin ich nicht hier.

„Ich bin mir sicher", beginne ich, „dass Mrs. Martínez gemerkt hat, dass etwas an deiner Story nicht stimmt."
Ich wähle bewusst die förmliche Ansprache von Carina, weil er nicht wissen soll, dass ich sie bei ihrem zweiten Vornamen nennen darf. Das würde zu noch mehr Konflikten führen.

„Natürlich!", bestätigt Martin.

„Waren nur die Diamanten der Grund, warum diese Männer deine Freundin bedroht haben?" Ich stelle die Frage mit einer ganz bestimmten Absicht.

„Ja … sonst gab es keinen!", antwortet Martin schnell.

„Bist du dir ganz sicher?", frage ich mit tiefer Stimme nach.

„Ja, verdammt! Was soll diese Fragerei?"

Das war definitiv die falsche Antwort.

Ohne zu zögern, schnellt meine rechte Hand, in der ich die Pistole halte, hervor und Sekunden später durchschlägt eine Kugel seine Kniescheibe. Natürlich ist seine Schreierei danach fürchterlich und theatralisch sackt er zu Boden.

Ich hatte ihn gewarnt.

„Hey … das wollte ich machen!", motzt Keith neben mir.

„Er hat doch noch ein zweites Knie …", antworte ich.

„Moment!", jammert Martin. „Ich glaube … es war etwas anders …"

„Steckst du etwa dahinter?", brüllt Keith und sieht danach entsetzt zu mir.

Genau diesen Teil der Geschichte habe ich unterschlagen ihm zu erzählen. „Er hat seiner Freundin unterstellt, dass das Kind von mir ist", erkläre ich.

„Von dir?", johlt Keith. „Du bist doch schon panisch geworden, sobald sie in deiner Nähe war … also von dir ganz bestimmt nicht!"

„Und keine Frau lässt sich ihr Kind aus dem Leib prügeln", ergänze ich. „Ich will die Fotos von den Mistkerlen oder ich gehe jetzt sofort zur Polizei und erstatte Anzeige gegen dich!"

„Du hast mich angeschossen! Das werde ich der Polizei erzählen", flucht Martin und hält sich sein blutendes Knie.

„Das war Notwehr", erklärt Keith. „Ich war Zeuge … du hast Aiden angegriffen. Also … Name und Fotos von den

Typen! Und solltest du im Knast landen, dann bring deinen Hintern schon mal in Sicherheit, denn wenn die Brüder rausbekommen, wegen was du einsitzt, dann ficken sie dich so lange, bis du tot bist!"

„Hey ... das könnt ihr nicht machen", bittet Martin und greift in seine Hosentasche. Natürlich reagieren wir sofort darauf, doch er beschwichtigt uns und sagt: „Ich suche nur mein Smartphone."

Jedenfalls haben wir vier Atemzüge später eine genaue Vorstellung von den drei Männern und auch deren Namen prägen sich eindringlich in mein Gehirn ein.

Keith verabschiedet sich bei Martin, indem er ihm noch eine Kugel in sein unverletztes Bein jagt und erst dann fahren wir los. Sein unbeherrschter Fahrstil lässt mich in dem Glauben, dass ihm die ganze Sache sehr nahe geht.

„Carina braucht im Krankenhaus Schutz", beginnt er. „Das ist noch nicht das Ende!"

„Sehe ich genauso ... kannst du das für die nächsten Stunden übernehmen ... ich muss mich dringend mit ihrem Chef unterhalten und außerdem in Johannesburg anrufen!"

„Geht klar!", sagt er, ohne mich nach dem Grund zu fragen, was mich wundert.

***

Nachdem mich Keith vor meinem Wohnhaus abgesetzt hat, bat ich zuerst den Portier, sich um die Reinigung meiner Limousine zu kümmern. Diese Dienstleistung übernimmt er für alle Bewohner des Hauses und soweit ich weiß, gehört seiner Tochter die Autoaufbereitungsfirma.

Danach führt mich mein Weg zurück in mein Penthouse

und weiter in die Küche. Der Kaffeeautomat ist jetzt mein Ziel. Auch wenn ich im Krankenhaus schon einige Becher davon getrunken habe, reicht der Koffeingehalt in meinem Blut für die kommenden Stunden nicht.

Während das Mahlwerk die Kaffeebohnen lautstark zerkleinert, stopfe ich ein Sandwich in den Toaster - ich mag es so lieber - und entledige mich endlich meiner Jacke, Waffen und dem Basecap. Das alles lege ich auf den Sessel im Flur.

Das fertig getoastete Brot beschmiere ich dick mit Erdnussbutter und der Kaffee bleibt schwarz, wie der momentane Zustand meiner Seele. Mit Tasse und Teller bewaffnet, setze ich mich an die Küchentheke und schlürfe den ersten Schluck des noch heißen Getränks. Dann beiße ich in das Brot, bevor ich Edward anrufe.

In Johannesburg ist es sechs Stunden später und ich nehme an, er müsste schon munter sein, auch wenn die Blumen dort besonders schön sind. Nach dem dritten Klingelton - ich stelle mein Smartphone auf Lautsprecher, damit ich weiter frühstücken kann - nimmt er das Gespräch an und mault: „Ich hoffe, es ist wichtig!"

„Nein! Ich rufe nur an, um dich zu ärgern!", blaffe ich.

„Hast du geschafft … kann ich jetzt weiterschlafen?"

„Nein! Du musst mir zuhören!"

„Ich höre immer nur *Nein* von dir … kannst du auch *Ja* sagen?"

„Ja! Wir haben ein Problem!", mit dieser Aussage beende ich damit unser idiotisches Gespräch. Diese führen wir zu unser beider Vergnügen öfter. Allerdings holt uns die Realität schnell wieder ein, als ich ausführlich von Carina erzähle und was ihr passiert ist.

Edward ist eigentlich der Mensch, der in jeder Situation

den passenden Spruch findet, doch jetzt schweigt er. Deshalb rede ich weiter und berichte von der Begegnung mit Carinas Freund: „Sein Nachname wird portugiesisch geschrieben ... klingelt da bei dir etwas?", frage ich.

„Nein ... ich kann deinem Gedankenwirrwarr nicht folgen ... das mit Carina trifft mich wirklich."

„Denke nach, Edward ...", sage ich. „Sein Name wird deshalb portugiesisch und nicht spanisch geschrieben, weil er aus BRASILIEN stammt. Das Land war bis 1825 eine Kolonie von Portugal."

„Woher weißt du das denn jetzt so genau?"

„Weil ich im Geschichtsunterricht aufgepasst habe ..."

Plötzlich fängt Edward lauthals an zu lachen, dass der Lautsprecher in meinem Smartphone fürchterlich krächzt. „Du hast nur deshalb im Unterricht aufgepasst, weil Mrs. Miller ach so anmutige Titten hatte", platzt er heraus und johlt weiter.

„Na und ... die Frau war eine Augenweide und außer dir waren alle Jungs aus der Klasse in sie verknallt ... du hast ja auf die Sportlehrerin Mrs. blonde Bohnenstange gestanden ... wie hieß die noch?"

„Mrs. Parker", antwortet Edward kleinlaut.

Irgendwie müssen wir beide lachen und es dauert ein paar Atemzüge, bis wir wieder ernst werden.

„Du sagtest Brasilien?"

„Ja!"

„Wenn es um Diamanten geht, dann weißt du, dass der Rausch dort bereits vorüber ist. Allerdings gibt es genug von den illegalen Minen an der Grenze zu Venezuela", sagt Edward mit tiefer Stimme.

„Das ist mir bewusst! Nun gehe ich mit meinem Verdacht

sogar soweit, dass die angeblichen Brüder, die sich Carina vorgeknöpft haben, vorsätzlich geschickt wurden ... aus *Brasilien*."

„So langsam begreife ich, auf was du anspielst ...", knurrt Edward.

„Als ich bei De Beek in Musina war, wollte ich unbedingt wissen, wer dafür verantwortlich ist, dass die Zertifikate der Diamanten von Carinas Chef ausgetauscht wurden. Er schrieb mir einen Namen auf einen Zettel und genau dieser Name steht in unserem schwarzen kleinen Notizbuch ..."

„Du hast den Tresor geöffnet?", fragt Edward und klingt entsetzt.

„Ja, weil ich eine Waffe mit Schalldämpfer brauchte und ich war mir zu fast einhundert Prozent sicher, dass es derselbe Name wie auf dem Zettel ist. Natürlich kann es sein, dass sich einige Vorfälle dummerweise überschneiden, aber ich habe ein verdammt mieses Bauchgefühl bei der ganzen Sache!"

„Das hat dich noch nie getäuscht", murmelt Edward und scheint sich eine Zigarette anzuzünden. Jedenfalls kann ich das typische Klack-Geräusch von einem Feuerzeug hören.

„Was glaubst du, hat *diese Person* vor? Und warum benutzt sie gerade jetzt wieder den alten Decknamen? Denkst du, sie hat es nur auf uns abgesehen?", fragt Edward und klingt dabei sehr nachdenklich.

„Genau diese Fragen habe ich mir auch gestellt. Nach dem Gespräch mit Carinas Freund ist mir ein Gedanke durch den Kopf geschossen ... was ist, wenn *diese Person* es nicht nur auf uns, sondern den gesamten Diamond Traders Club abgesehen hat? Und den Decknamen benutzt sie nur, um zu zeigen, dass sie noch eine Rechnung mit uns offen hat."

„Wer mit wem noch eine Rechnung zu begleichen hat, lassen wir im Moment außen vor", grollt Edward. „Doch der Gedanke mit diesem verstaubten Club ist nicht abwegig. Du meinst wegen der zwei mysteriösen Sterbefälle?"

„Ja … ich habe damals diesen Vorgängen kein großes Interesse geschenkt. Erst als mich Mr. De Cook vor ein paar Tagen darauf aufmerksam gemacht hat", entgegne ich.

„Du bist zu dieser Zeit auch wie ein Zombie durch die Gegend gelaufen … dass du überhaupt was zustande gebracht hast, wundert mich heute noch …"

Darauf antworte ich jetzt nichts, denn mir ist bewusst, dass Edward recht hat. Josephines Tod hat mir den Boden unter den Füßen weggerissen und tatsächlich habe ich einige Gedächtnislücken, besonders in den ersten zwei Jahren nach ihrem Ableben.

„Ich werde dann zu Mr. De Cook fahren und ihm die Diamanten mit den dazugehörigen Zertifikaten bringen", sage ich schnell, damit ich nicht in eine andere Gedankenwelt abdrifte. „Soll ich ihn auf *diese Person* ansprechen? Was meinst du?", frage ich Edward.

„Glaubst du, dass er sie kennt?"

„Ich hoffe es nicht und vermute, dass nur wir sie persönlich kennen. Ich sollte mich schnellstens um neue Waffen kümmern. Die, die ich noch im Tresor habe, sind mittlerweile veraltet", murmle ich vor mich hin.

„Ja! Die wirst du dringend brauchen!", bestätigt Edward.

„Wir hätten das Kapitel damals schon abschließen sollen", nuschle ich, weil ich gerade vom Erdnussbrot abgebissen habe. Ein paar Schlucke Kaffee hinterher und ich kann wieder normal sprechen. Warum muss das Zeug auch nur so klebrig sein?

„Bringen wir es jetzt zu Ende und der Showdown findet in New York oder Südafrika statt!", knurrt Edward.

„Wir werden es sehen. Wie gesagt, ich besuche später Mr. De Cook und bringe ihm die Diamanten ... hoffentlich habe ich die Gelegenheit und kann mit Carinas Vater sprechen. Vielleicht kennt er die Typen und kann mir noch etwas über sie erzählen. Von dort aus fahre ich weiter ins Krankenhaus."

„Sobald es Neuigkeiten gibt, melde dich", bittet Edward. „Ich lasse im Gegenzug meine Quellen sprudeln, ob die ein paar nützliche Neuigkeiten ausspucken."

„Gut ... dann bis später", sage ich und wir beenden unser sehr aufschlussreiches Gespräch.

Das restliche Brot fällt jetzt meinem Hunger zum Opfer und der Kaffee puscht das Adrenalin in meinem Blut, denn an Schlafen ist in den nächsten Stunden nicht zu denken.

Kapitel 11

*M*ittlerweile beginnt es zu dämmern, als ich mit meinem Sportwagen - die Limousine muss erst gereinigt werden - aus dem Dunklen der Tiefgarage auftauche. Mein Ziel ist die Upper West Side, wo Mr. De Cook wohnt und mich bereits erwartet.

Selbstverständlich habe ich vorher erst angerufen und nachgefragt, ob er mich schon so frühzeitig empfängt. Da er seit den letzten Wochen unter extremen Schlafstörungen leiden würde, bekam ich zur Auskunft, könnte ich natürlich auch um diese Uhrzeit vorbeikommen. Als ich zusätzlich um die Anwesenheit von Carinas Vater gebeten habe - denn dieser arbeitet ebenfalls für Mr. De Cook - wurde dieser stutzig und versicherte mir, dass er dafür sorgen würde. Ohne nachzufragen, warum.

Um zu Mr. De Cooks Wohnung zu gelangen, muss ich den südlichen Central Park umfahren und danach wieder in Richtung Norden bis zur West 67th Street. Genau gegenüber - mit prächtiger Aussicht auf den Park - liegt das vornehme Stadthaus. Um diese Uhrzeit ergattere ich auf der Nebenstraße ohne Mühe den erstbesten Parkplatz. Mit ein paar großen Schritten bin ich an der Haustür und noch bevor ich den Klingelknopf drücken kann, öffnet sich wie von allein die

Tür. Mr. De Cook empfängt mich persönlich.

„Guten Morgen, Mr. Collister", begrüßt er mich herzlich und drückt mit seinen beiden Händen meine ihm gereichte Hand.

„Hoffen wir, dass der gesamte Tag gut wird", antworte ich und sehe ihn dabei vielsagend an.

„Jetzt kommen Sie erst einmal herein", bittet er mich und lässt meine Hand wieder los.

Ich folge ihm in das dreistöckige noble Stadthaus und zusammen steigen wir die Treppen hinauf in die erste Etage. Wer das Erdgeschoss bewohnt, entzieht sich meiner Kenntnis. Ich denke, vielleicht das Hauspersonal.

Mit einer ausladenden Geste öffnet Mr. De Cook die zweiflüglige dunkelfarbige Wohnungstür und vor mir liegt ein riesiger Eingangsbereich. Dieser ist im Stil der vierziger Jahre eingerichtet, mit wertvollen Teppichen und Möbeln aus dieser Zeit. Mit etwas Abstand folge ich ihm weiter in den Wohnbereich und mein Blick verfängt sich in dem Kristallkronleuchter an der hohen Decke.

„Der stammt noch aus der Zeit von meinen Eltern", erklärt Mr. De Cook. Er muss meine Bewunderung dafür bemerkt haben. „Ich konnte ihn gerade noch vor den Nazis in Sicherheit bringen", erzählt er weiter. Ein wirklich dunkles Kapitel in der Weltgeschichte, besonders für die jüdische Bevölkerung.

„Ein äußerst ansehnliches Exemplar", sage ich und gehe weiter, denn ein Mann ist in mein Blickfeld geraten, der eventuell Carinas Vater sein könnte. Er wartet an dem großen Esszimmertisch und mustert mich mit offenem Blick.

„Darf ich Ihnen Mr. Martínez vorstellen?", sagt Mr. De Cook.

„Guten Morgen", begrüße ich ihn und reiche ihm dabei meine Hand.

„Es ist mir eine Ehre, Mr. Collister. Meine Tochter hat mir von Ihnen fast schon vorgeschwärmt."

Statt einer Erwiderung schweige ich tief betroffen, denn ich habe die Befürchtung, er weiß noch gar nicht, was mit Carina passiert ist. Deshalb wende ich mich sofort Mr. Cook zu und ziehe aus der Jackett-Innentasche den Briefumschlag mit den Zertifikaten und übergebe diese mit den dazugehörigen Diamanten. Mit leicht zittrigen Händen nimmt Mr. De Cook alles an sich und sagt tief bewegt: „Ich weiß nicht, wie ich Ihnen jemals dafür danken soll."

„Vielleicht passiert das eher, als Sie denken", bemerke ich vieldeutig. Beide Männer sehen mich daraufhin entsetzt an. „Wann haben Sie das letzte Mal mit Ihrer Tochter gesprochen?", frage ich Carinas Vater.

„Diese Nacht ... als sie wieder in New York gelandet ist."

„Dann wissen Sie nicht, was zwischenzeitlich mit ihr passiert ist?", will ich wissen.

„Nein!", erhalte ich als Antwort und man merkt ihm an, dass er sichtlich nervös wird. „Was ist mit meiner Tochter?"

Ohne Umschweife erzähle ich zuerst, wie ich Carina vorgefunden habe und was die Ärzte mir im Krankenhaus erzählt haben.

„Das ist ja furchtbar", ruft Mr. De Cook entsetzt aus.

Nur Mr. Martínez schweigt und lässt sich auf einen Stuhl fallen. Völlig verzweifelt sagt er: „Ich hätte das alles nicht zulassen dürfen!"

„Was meinen Sie?", frage ich.

„Die Beziehung zu diesem Mann! Aber Carina war wie besessen davon, ihn zu einem anständigen Menschen zu formen. Das ging auch so lange gut, bis seine angeblichen Brüder hier in New York aufgetaucht sind. Und anstatt aufzugeben, begann sie noch mehr in seiner Vergangenheit zu forschen."

„Und was wollte sie herausfinden?"

„Für wen die angeblichen Brüder und auch ihr Freund arbeiten ... also wer ihr Auftraggeber ist ..."

„In welcher Beziehung denn?", frage ich weiter, denn irgendwie werde ich aus seinen Worten nicht schlau.

„Die gefälschten Zertifikate ...", wirft Mr. De Cook ein. „Es ist leider nicht zum ersten Mal passiert", setzt er leise nach.

„Na, das ist ja interessant zu erfahren", grolle ich und sehe ihn finster an.

„Entschuldigen Sie bitte, Mr. Collister, aber wir waren uns nicht sicher, ob wir Ihnen wirklich trauen können", erklärt Mr. De Cook kleinlaut.

„Und deshalb haben Sie mir Mrs. Martínez nach Südafrika hinterhergeschickt!"

Als Antwort erhalte ich nur ein verhaltenes Kopfnicken.
Na toll.

„Und jetzt vertrauen Sie mir?"

„Natürlich! Daran besteht kein Zweifel mehr!", bestätigt Mr. De Cook. Auch Carinas Vater nickt zustimmend.

Etwas umständlich ziehe ich daraufhin meine braune Geldbörse aus der Hosentasche und suche darin den weißen Zettel, den mir Mr. De Beek gegeben hat. Den zeige ich zuerst Mr. De Cook und frage: „Kennen Sie *diese Person*, deren Name darauf steht?"

„Mrs. Martínez hat mich auch gefragt, ob mir dieser Name bekannt ist und ich musste das verneinen. Aber *diese Person* soll angeblich für die Fälschungen verantwortlich sein … eventuell auch für die dubiosen Unfälle einzelner Mitglieder des Diamond Traders Clubs", setzt er leise nach.

Um meine Überraschung über Carinas Ermittlungserfolg zu verbergen, sehe ich scheinbar nachdenklich zum Fenster hinaus.

„Kennen Sie *diese Person*, Mr. Collister?", fragt Mr. Martínez.

„Ich? Nein!", lüge ich.

Natürlich!

„Hmm …", sagt Mr. De Cook, „und wie soll es jetzt weitergehen?"

Auf diese Frage habe ich gewartet und somit die Antwort ohne Umschweife parat. „Sie, Mr. De Cook, beantragen eine Sondersitzung des Clubs zur Rehabilitierung Ihrer Person und ich fahre ins Krankenhaus zu Mrs. Martínez."

„Und die Männer, die das meiner Tochter angetan haben, kommen einfach so davon?", ruft Carinas Vater aufgebracht. „Das lasse ich nicht zu!", setzt er energisch nach und springt vom Stuhl auf.

Natürlich will ich nicht gerade vor Mr. De Cook erzählen, welcher Sonderbehandlung wir Carinas Freund bisher unterzogen haben, deshalb warte ich, bis er ins Nachbarzimmer zum Telefonieren geht und erst jetzt berichte ich Mr. Martínez davon.

„Dann waren Sie sehr human", erhalte ich als Antwort. „Die anderen drei überlassen Sie mir!", sagt er mit fester Stimme und wendet sich ab.

Für einen Moment stehe ich allein im Raum, bis Mr. De Cook mit einem entspannten Gesichtsausdruck wiederkommt.

„Die Sitzung findet gleich morgen Abend statt", berichtet

er mir.

Das kann mir nur recht sein.

„Ich werde da sein, Mr. De Cook", sage ich und reiche ihm zum Abschied die Hand.

***

Nachdem ich Mr. De Cooks Haus verlassen habe, fahre ich sofort zu Carina ins Krankenhaus. Doch nur der Gedanke daran, wieder an diesen Ort zurückzukehren, wo ich mit Josephine so viel Leid ertragen musste, lässt einen dicken Kloß in meinem Hals anwachsen. Die sofort aufsteigenden Bilder vor meinem geistigen Auge versuche ich zu ignorieren und konzentriere mich mit störrischer Aufmerksamkeit auf den Straßenverkehr.

Beim Betreten des Krankenhauses schlägt mir der typische Geruch entgegen und dadurch wird der Kloß in meinem Hals nicht kleiner - im Gegenteil - er wächst bedrohlich an. Doch irgendwie schaffe ich es bis zu Carinas Krankenzimmer ohne den Verstand zu verlieren und entdecke Keith, der davor mit einem Becher Kaffee in der Hand sitzt und scheinbar mit einer blonden jungen Schwester flirtet. Jedenfalls haben die beiden eine Menge Spaß.

Als er mich erspäht, wird er sofort ernst und ruft mir zu, dass dies die behandelnde Krankenschwester von Carina wäre. Er scheint meinen verstörten Blick bemerkt zu haben.

„Wie geht es ihr?", will ich sofort von beiden wissen.

Die Krankenschwester berichtet mir, dass es Carina den Umständen entsprechend gut gehe und Keith erzählt, dass er kurz mit ihr sprechen konnte, sie aber jetzt wieder schläft.

„Dann übernehme ich jetzt und du kannst erstmal nach

Hause gehen", sage ich und meine Tonlage ist so, dass ich keine Widerrede dulde und dafür gibt es einen bestimmten Grund.

„Okay ... aber wenn du meine Hilfe brauchst ..."

„Dann melde ich mich!"

Nach Keiths enttäuschter Miene zu urteilen, wäre er wohl noch gern in der Nähe der bezaubernden Krankenschwester geblieben.

Erst als er aus meinem Blickfeld entschwunden ist, wende ich mich erneut an die Schwester und bitte sie, mir dringend ein Gespräch mit dem zuständigen Arzt zu vermitteln. Im eindringlichen Ton mache ich ihr klar, dass Carina immer noch in großer Gefahr schwebt und sie so schnell wie möglich entlassen werden muss, da das Krankenhaus ihr natürlich nicht genügend Sicherheit bieten kann. Die Schwester versichert mir daraufhin, dass sie sich sofort mit dem Arzt in Verbindung setzt.

„Vielen Dank", sage ich und begebe mich mit einem mulmigen Gefühl zur Tür von Carinas Zimmer. Bevor ich sie öffne, klopfe ich erst leise an und warte einen Moment. Als ich danach kein Geräusch vernehme, drücke ich vorsichtig die Klinke nach unten und öffne die Tür einen großen Spalt.

Mein Blick fällt sofort auf das Bett und die darin schlafende Carina. Allerdings ist der Anblick ihres entstellten Gesichts ein absoluter Albtraum und ich bin mir sicher, den werde ich nicht gleich wieder vergessen.

Leise, um sie nicht zu wecken, husche ich zur Tür hinein und schließe sie so behutsam wie möglich hinter mir. Mein Ziel ist der Sessel neben Carinas Bett. Vorsichtig setze ich mich hinein und betrachte sie mitleidig. Ihr linkes Auge ist völlig zugeschwollen, sodass es gar nicht mehr zu sehen ist.

Außerdem sind an beiden Handknöcheln einige Blessuren zu sehen, die darauf deuten, dass Carina sich heftig gewehrt hat.

Die suspektesten Gedanken schwirren mir jetzt durch den Kopf und nach einer gefühlten Ewigkeit zieht eine Art innere Ruhe in meinem Körper ein und ich schließe die Augen. *Nur für einen Moment*, sage ich lautlos zu mir.

Irgendwann spüre ich eine Hand auf meinem Arm und merke, wie sich mein Mund zu einem glücklichen Lächeln verzieht. „Josephine ...", murmle ich, „wie geht es dir?"

Da ich keine Antwort erhalte und ich die Hand trotzdem noch spüre, macht sich eine innere Panik in mir breit. Sofort reiße ich die Augen auf, schnelle hoch und sehe zum Bett. Dort liegt nicht Josephine, sondern Carina und jetzt sieht diese mich mitleidig an. „Ich wollte dich nicht wecken", nuschelt sie. Ihre genähte Lippe scheint sie beim Sprechen zu behindern.

„Schon gut ... wie spät ist es denn?", frage ich und bin total verwirrt. Ich muss mich erst einmal in der neuen Situation zurechtfinden, denn ich habe unzählige Tage und Nächte an Josephines Bett gesessen und in so einem Sessel geschlafen.

„Gleich Mittag", antwortet Carina mit dem Blick auf die Uhr im Krankenzimmer. „Seit wann bist du denn hier?", will sie wissen.

„So gegen acht Uhr morgens bin ich direkt von Mr. De Cook zu dir gefahren. Hat man dich in Kenntnis gesetzt, was die Ärzte für eine Operation vornehmen mussten?", frage ich und mir wird dabei ganz schlecht.

„Ja!", antwortet sie knapp und sieht zur Seite.

„Es tut mir so leid für dich", flüstere ich und drücke kurz

ihre Hand. Carina schweigt und erst, als sie mich nach einer Weile wieder ansieht, erzähle ich ihr von dem Besuch bei ihrem Chef und später von der Begegnung mit ihrem Freund.

„Dieser Mistkerl hat dich tatsächlich noch angelogen!", nuschelt sie und ballt dabei voller Wut ihre Hände. „Das wird er mir büßen!"

„Also nach unserer Sonderbehandlung dürftest du ein leichtes Spiel haben", sage ich kleinlaut. Eigentlich hatte ich die Befürchtung, dass Carina eventuell sogar böse auf mich ist, wenn sie erfährt was mit ihrem Freund passiert ist. Immerhin hat sie ihn - laut Aussage ihres Vaters - geliebt.

„Und was ist mit den anderen Kerlen?", will sie wissen. Ihre Hände sind immer noch zu Fäusten geballt.

„Die will sich dein Vater vornehmen", erzähle ich.

„Dann wird er in den Kampf ziehen und erst wiederkommen, sobald der Gegner vollständig erledigt ist", knurrt sie und atmet dabei tief ein.

„Wir haben noch einen anderen Kampf vor uns", mahne ich. „Aber darüber sprechen wir, wenn du wieder gesund bist. Allerdings möchte ich, dass du so schnell wie möglich das Krankenhaus wieder verlässt. Hast du eine Möglichkeit, wo du in Ruhe gesund werden kannst?"

„Also in meine Wohnung kann ich in diesem Zustand nicht und zu meinen Eltern will ich nicht. Meine Mutter würde mich *totpflegen*." Carina versucht, etwas zu lachen, was natürlich sofort mit Schmerzen verbunden ist. „Autsch!", flucht sie leise.

„Dann bleibst du bei mir", entscheide ich, ohne über die Konsequenzen nachgedacht zu haben. Aber vielleicht soll es so sein und ich muss mit dem Tod von Josephine endlich zurechtkommen. „Mein Neffe … also der Sohn meiner allein-erziehenden Schwester, hat ein eigenes Zimmer bei mir in der Wohnung und das kannst du in der Zwischenzeit benutzen. Dort hast du die Möglichkeit, wieder zu Kräften zu kommen.“

„Das kann ich nicht annehmen, Aiden“, wendet Carina ein.

„Du musst aber … ich bestehe darauf! Meine Schwester ist mit ihrem Sohn und meiner Mutter letzte Woche nach Australien aufgebrochen und die bleiben eine Weile dort. Ich bin mir zwar nicht sicher, ob ich ein guter Gastgeber bin, weil keine weibliche Person nach Josephines Tod meine Wohnung betreten hat und ich auch nichts daran verändert habe. Aber du hast mich aus dem Elendsviertel von Pretoria herausgeholt und ich werde dich jetzt nicht im Stich lassen. Außerdem haben wir … einen gemeinsamen Gegner …“ Den letzten Satz betone ich besonders.

„Gemeinsamen?“, fragt sie und richtet sich dabei etwas auf.

„Ja …“, sage ich und ziehe den weißen Zettel von Mr. De Beek aus der Hosentasche. Zusammengefaltet wie er ist, reiche ich ihn Carina und sie öffnet ihn besonders zaghaft.

„Oh … und was hast du mit *dieser Person* zu tun?“, fragt sie leise.

„Das ist eine verdammt lange Geschichte und die erzähle ich dir, wenn du bei mir in Sicherheit bist!“

„Vor *dieser Person* ist man nicht sicher!“, bemerkt Carina verbittert und lehnt sich wieder zurück.

Leider hat sie recht.

Kapitel 12

Mittlerweile ist es später Nachmittag, als ich die Tür zu meinem Penthouse aufschließe. Der Portier hat mir gerade die Schlüssel von meiner gereinigten Limousine wiedergegeben. Außerdem müsste meine Haushälterin auch gleich eintreffen. Sie habe ich zu einem vertraulichen Gespräch zu mir gebeten.

Der Grund dafür ist natürlich Carina. Ihr behandelnder Arzt hat nur unter Protest und einigen Auflagen Carinas vorzeitiger Entlassung zugestimmt. Dafür habe ich ihm eine wohlgesonnene Spende für seine Abteilung zukommen lassen. Wichtig ist, dass ich sie morgen früh abholen kann. Bis dahin wechseln Keith und ich uns mit der Bewachung ab. Ich hoffe allerdings, dass er nicht nur Augen für die Krankenschwestern hat.

Doch jetzt habe ich - außer der *Beerdigung von Josephine* - einen für mich schweren Schritt zu bewältigen. Ich fühle mich, ohne etwas getan zu haben, schon miserabel und kämpfe mit Schuldgefühlen, ob meine Entscheidung wirklich richtig ist.

Das Klingeln an meiner Wohnungstür lässt meinen Puls rasen. Mit einem verwirrten Gesichtsausdruck öffne ich die Tür und begrüße meine Haushälterin Esmeralda mit einem

verhaltenen Händedruck. „Danke, dass Sie sofort herge-
kommen sind", sage ich.

„Haben Sie Ihre Wohnung verwüstet oder was ist passiert?", herrscht sie mich an und schielt in den Flur hinein.

„Nein, natürlich nicht", entgegne ich und trete zur Seite.

„Hätte mich auch gewundert", brummt sie und wartet
wohl darauf, dass ich sie zur Tür hereinbitte.

Esmeralda ist - seit Josephine und ich die Wohnung vor
fünfzehn Jahren bezogen haben - unsere Haushälterin und
sie kam bis jetzt einmal in der Woche putzen. Wenn wir auf
Geschäftsreise waren, betreute sie die Wohnung und küm-
merte sich um die Post. Sie ist ein paar Jahre älter als ich,
ziemlich groß mit einer korpulenten Figur und ihre Wurzeln
liegen ebenfalls, wie die von Josephine, in Brasilien. Kennengelernt haben wir sie durch eine Zeitungsanzeige und ihr
eigenwilliger Charakter war für mich anfangs gewöhnungsbedürftig. Doch der passt zu ihrem teilweise schwarzen
Humor. Mittlerweile ist sie - besonders nach dem Tod von
Josephine - unverzichtbar für mich geworden. Ohne sie wäre
ich elendig verhungert.

„Wie lange soll ich jetzt noch Ihren Flur anstarren, Mr.
Collister?", fragt sie mich unterschwellig und reißt mich damit aus meinen Gedanken.

„Entschuldigen Sie. Kommen Sie herein", bitte ich.

„Ich dachte schon, Sie planen eine Hausparty oder sowas", murmelt sie und begutachtet im Schnelldurchlauf alle
Zimmer. Als sie fertig ist, steht sie wieder vor mir und fragt
mit verdutzter Grimasse: „Da ist nicht die geringste Unord-
nung!"

„Sie sollen ja auch nicht putzen, sondern mir beim Ausräumen helfen", verteidige ich mich. „Und das Zimmer von

meinem Neffen für eine Frau herrichten. Sie wird in den nächsten Wochen hier wohnen."

„Haben Sie jetzt *Frau* gesagt und sie *zieht* hier ein?"

„Hmm ..."

Ich kann es selbst nicht fassen.

„Also gehen Sie nicht ins Kloster oder sterben den Heldentod?"

„Verdammt, Esmeralda ... ich weiß, dass Sie mein Benehmen nach dem Tod meiner Frau nicht gut finden, aber jetzt gehen Sie etwas zu weit!"

„Sie haben Ihre Frau die gesamte Zeit ihrer Krankheit aufopferungsvoll gepflegt und sie keine Minute aus den Augen gelassen. Mehr als Sie getan haben, geht nicht. Ihre Frau hat niemals gewollt, dass Sie so mit ihrem Tod hadern. Das wissen Sie selbst. Also, jetzt sagen Sie schon, was ich für Sie tun kann!"

Bevor ich meine Bitte hervorbringe, erzähle ich ihr von Carina und warum ich sie hier bei mir wohnen lasse. Danach erlebe ich zum ersten Mal, dass Esmeralda keinen sarkastischen Spruch einwirft. Sie schweigt mit verbissenem Gesichtsausdruck und scheint nachzudenken, bis sie fragt: „Versorgen Sie die Frau selbst oder soll ich Ihnen dabei helfen?"

„Ähm ... da ich keine intime Beziehung zu ihr habe und wir nur freundschaftlich verbunden sind, wollte ich Sie fragen, ob Sie bestimmte Dinge übernehmen können", stottere ich. Mir wird erst jetzt klar, dass Carina - da sie strenge Bettruhe und dazu enorme Schmerzen hat - ohne Hilfe weder duschen noch auf die Toilette gehen kann.

„Suchen Sie sich bloß bald wieder eine Frau, sonst werden Sie noch total verklemmt", nuschelt Esmeralda und schlurft in das Gästezimmer.

„Was hat das damit zu tun?", rufe ich ihr hinterher. Doch eine Antwort bekomme ich nicht und höre, wie Esmeralda sich im Gästezimmer zu schaffen macht.

Ziemlich unsicher folge ich ihr, bleibe im Türrahmen vom Zimmer stehen und atme tief ein. Mein wirkliches Anliegen habe ich immer noch nicht vorgetragen.

„Da ich absolut nicht Ihrem Beuteschema entspreche, muss es einen anderen Grund geben, warum Sie mich so anstarren", sagt sie und reißt dabei den Bettbezug von der Decke herunter.

„Das können Sie doch gar nicht wissen", kontere ich.

„Oh doch ... also raus mit der Sprache!"

„Die Sachen von meiner Frau ...", druckse ich.

„Stehen und hängen unverändert seit drei Jahren an dem gleichen Platz ..."

„Es wird Zeit, sie wegzuräumen", sage ich schnell, bevor ich es wieder verwerfe.

„Wird erledigt", murmelt sie und doch hört sich das auch bei ihr anders an. „Aber ich will Sie nicht dabeihaben!", setzt sie energisch nach.

„Ich fahre später nochmal ins Krankenhaus", erkläre ich daraufhin und wir wissen beide, was in dieser Zeit geschieht.

Esmeralda hatte sich bereits nach dem Tod von Josephine angeboten, mir beim Ausräumen behilflich zu sein und später die makellose Kleidung zu verkaufen. Der Erlös daraus soll an ein Kinderheim gespendet werden.

Jetzt scheint der richtige Zeitpunkt gekommen zu sein.

Plötzlich spüre ich wieder den Kloß im Hals und kalter Schweiß überzieht meine Haut. Soll ich jetzt aus der

Wohnung flüchten oder mich der Situation stellen?

Ich bin geflohen!

***

Als Esmeralda begann, Josephines Kleidungsstücke in Müllsäcke zu stopfen und mir der noch immerwährende Parfümduft daraus in die Nase stieg, konnte ich nicht mehr und bin zur Wohnungstür hinausgerannt, weiter die Treppen hinunter bis zur Straße. Dort stand ich und habe jämmerlich nach Luft geschnappt, sodass mir dabei vor Anstrengung die Tränen in die Augen geschossen sind.

Ich habe keine Ahnung, wie ich lange ich so dastand, doch als ich aufblickte, fuhr gerade ein schwarzer Sportwagen an mir vorbei und betörend schöne braune Augen visierten mich an.

Halluzinationen! Mein Unterbewusstsein spielt mir einen bitterbösen Streich.

Anscheinend bin ich mit der derzeitigen Situation völlig überfordert und beschließe deshalb, jetzt zu Carina in die Klinik zu fahren. Eigentlich müsste ich wenigstens meine erhaltenen E-Mails checken und mich um die eingegangenen Anfragen für die An- und Verkäufe von Diamanten kümmern, doch das muss bis morgen warten. Finanziell kann ich einen kleinen Verlust verkraften - sollten die Händler sich anderweitig entscheiden, weil sie nicht warten können oder wollen.

Gerade, als ich mich umdrehe und zur Haustür gehen will, ruft jemand meinen Namen. „Mr. Collister! Bitte!"

Als ich das höre, bleibe ich abrupt stehen und warte zwei Atemzüge ab. Mr. Martínez erscheint neben mir mit leichten

Blessuren im Gesicht, abgeschürften Handknöcheln und zwei großen Reisetaschen. „Ich habe ein paar wichtige Dinge aus Carinas Wohnung geholt", keucht er.

„Die Dinge haben sich wohl mächtig gewehrt, als Sie sie einpacken wollten?", frage ich zweideutig.

„Das war nur von kurzer Dauer und nicht weiter erwähnenswert", wiegelt er mit einem hämischen Gesichtsausdruck ab.

Ich kann mir gut vorstellen, dass er keine Rücksicht auf diese verachtenswerten Männer genommen hat, nachdem, was sie Carina angetan haben. Trotzdem würde es mich interessieren, ob er sie sich allein vorgeknöpft oder vielleicht Hilfe hatte. Aber das zu fragen, ist ein Tabubruch und ich würde damit Mr. Martínez in eine verfängliche Situation bringen. Deshalb will ich nur wissen: „War es Ihnen möglich, irgendwelche neuen Erkenntnisse beim Packen der Taschen herauszufinden?"

„Hmm … diese Männer wurden geschickt …", brummt Mr. Martínez.

Ohne zu wissen, wer es war, kann ich es mir denken.

„Von *der Person*, die auf dem weißen Zettel steht?"

„Genau! Ich bin mir sicher, meine Tochter weiß zu viel … deshalb dieser Überfall auf sie!"

„Ich wollte sowieso gerade zu ihr fahren", sage ich vieldeutig und nehme Mr. Martínez die Taschen aus der Hand. Wir wissen beide, dass Carina noch in großer Gefahr schwebt.

„Vielen Dank für Ihre Hilfe", beteuert Carinas Vater.

„Dafür müssen Sie mir nicht danken. Ihre Tochter ist eine bemerkenswerte starke Frau, die mir in Südafrika zur Seite stand. Ich nehme an, von den vier Männern geht erstmal keine Gefahr mehr aus?"

„Nein! Auch in Zukunft nicht!"

Somit ist wenigstens dieses Problem gelöst!

„Passen Sie gut auf Mr. De Cook auf", rate ich zum Abschied. „Er soll seine zweite Chance noch lebend genießen dürfen."

„Das werde ich und wir bleiben in Verbindung!", beteuert Mr. Martínez.

„Wir sehen uns bei der Sitzung im Club heute Abend", sage ich und wende mich ab, um die Taschen in meine Wohnung zu bringen.

Dort schnappe ich mir zuerst meine Pistole, danach meine Jacke samt Basecap und verschwinde wieder, ohne noch einmal mit Esmeralda gesprochen zu haben.

***

Auf der Fahrt zum Krankenhaus verfolgen mich die betörend braunen Augen, die mich anvisierten, als der schwarze Sportwagen an mir vorbeifuhr.

Bin ich jetzt schon total verrückt geworden?

Erst ein lautstarkes Hupkonzert hinter mir holt mich aus meinen irrsinnigen Gedanken zurück. Erschrocken sehe ich auf und erst jetzt wird mir bewusst, dass ich an einer Ampel stehe. Da diese die Grünphase anzeigt, verstehe ich auch die mittlerweile ungehaltenen Beschimpfungen des hinter mir wartenden Autofahrers. Zumindest nehme ich das an, wenn ich seine Gestik im Rückspiegel richtig deute. Mit eindeutig zu viel Speed presche ich nun über die Kreuzung und zwinge mich für den Rest der Fahrt zur vollen Konzentration auf den Straßenverkehr.

Es gelingt mir nur bedingt.

Erneut macht mir der Geruch beim Betreten des Krankenhauses zu schaffen, doch als ich den Mann, der an der Rezeption steht, entdecke und seine markante Stimme höre, versetzt mich das in höchste Alarmbereitschaft. Instinktiv ziehe ich daraufhin mein Basecap tiefer ins Gesicht und laufe mit großen Schritten zur Tür, die ins Treppenhaus führt. Um keine zusätzliche Aufmerksamkeit zu erzeugen, öffne ich die Tür so leise wie möglich, verschwinde dahinter und überzeuge mich beim Schließen mit einem Blick durch die schmale Glasscheibe, ob ich als Person wahrgenommen wurde. Zu meiner Erleichterung diskutiert der Mann heftig mit der Frau an der Rezeption. Ich hoffe, sie hält sich an die Anordnung, dass sie keine Informationen über Patienten - und speziell von Carina - ohne Erlaubnis herausgeben darf. Nur darauf kann ich mich nicht unbedingt verlassen, denn ich weiß, dass der *ungebetene Besucher* nicht viel Geduld hat.

Deshalb nehme ich zwei Treppenstufen auf einmal und renne in das zweite Obergeschoss hinauf. Beim Aufreißen der Tür zum Flur laufe ich haarscharf an einer älteren Dame vorbei, die sich lautstark empört. Sie muss sich vor mir erschrocken haben. So leid es mir auch tut, aber darauf kann ich im Moment keine Rücksicht nehmen und renne den Flur zu Carinas Zimmer entlang.

Stopp! Wo ist Keith?

Nirgends ist er zu sehen. Verdammt!

Ziemlich ungehalten reiße ich die Tür zu Carinas Krankenzimmer auf und starre auf das leere Bett. Bei diesem Anblick schwirren mir die schlimmsten Vorstellungen durch den Kopf.

Moment!

Der *ungebetene Besucher* steht wahrscheinlich noch an der Rezeption und scheint nur zu wissen, dass sich Carina hier im Krankenhaus befindet. Also besteht die Hoffnung, dass ihr noch nichts passiert ist. Entweder hat Keith Carina bereits in Sicherheit gebracht oder sie sich selbst, was ich ihr durchaus zutrauen würde. Nun stellt sich mir allerdings die Frage: wo könnte sie sich in dem riesigen Krankenhaus versteckt haben?

Die Antwort erhalte ich schneller als gedacht, denn plötzlich ruft Keith mich an. Seine erste Frage ist, wo ich mich befinde?

„Ich stehe in Carinas Krankenzimmer", antworte ich. „Wo seid ihr?"

Keith erzählt mir hastig, dass Carina vor ein paar Minuten eine Warnung von ihrem Vater erhielt und er ihr riet, sofort aus dem Zimmer zu verschwinden.

„Bringe sie zum Hinterausgang, denn am Eingang werdet ihr erwartet. Pass trotzdem auf, denn ich bin mir nicht sicher, ob dort Leute postiert sind", rate ich Keith.

Auf die Frage, was ich in der Zwischenzeit mache, antworte ich: „Mich um den *ungebetenen Besucher* kümmern und du bringst Carina zu mir nach Hause!"

Danach beende ich das Gespräch, denn ich muss damit rechnen, dass der *ungebetene Besucher* gleich hier auftaucht. Es wäre eine törichte Fahrlässigkeit von mir, wenn er hören würde, wohin ich Carina bringen lasse.

Im Eiltempo renne ich zurück den Flur entlang, die Treppen hinunter bis ins Erdgeschoss und bevor ich die Tür zum Vorraum öffne, schiele ich durch die schmale Glasscheibe. Soeben kann ich beobachten, wie der *ungebetene Besucher* von zwei Sicherheitskräften zur Tür hinausbegleitet wird. Der Zeitpunkt dafür ist denkbar ungünstig, denn Keith könnte gerade in diesem Moment mit Carina vorbeifahren und würde somit in sein Visier geraten. Viel Zeit zum Nachdenken bleibt mir nicht und so entschließe ich mich zu einem - mir suspekten - Ablenkungsmanöver.

Nur ein paar Atemzüge später habe ich die Sicherheitskräfte vor dem Krankenhaus eingeholt und blaffe: „Moment!" Augenblicklich sehen mich drei Augenpaare an - zwei davon äußerst skeptisch und das dritte mit einer gewissen Häme. „Mr. Collister", ruft der *Besucher*. „Was für eine Überraschung, Sie hier zu sehen!"

„Vielen Dank, meine Herren", wende ich mich an die Sicherheitskräfte und gebe ihnen mit einem Handzeichen zu verstehen, dass ich den Rest allein erledige.

„Sind Sie sich sicher?", fragt mich argwöhnisch einer der Sicherheitskräfte.

„Ja!", antworte ich knapp. „Ich kenne diese Person!"

Mit finsterer Miene lassen die Sicherheitsbeamten den *Besucher* los und dieser bedenkt sie zum Dank mit einer hämisch grinsenden Grimasse.

Erst als die Männer gegangen sind, wende ich mich dem *Besucher* zu, was ich in einer anderen Situation nie tun würde.

„Willst du mich nicht endlich töten?", fragt er unterschwellig und verzieht voller Verachtung sein Gesicht.

„Nicht heute!", antworte ich und mein Blick streift über die Narbe über der rechten Augenbraue.

„Ich kann warten", sagt er und mustert mich intensiv. „Die Sache mit deiner Frau tut mir wirklich leid", setzt er höhnisch nach. „Aber zu unserem nächsten Treffen bringe ich *meine Frau* mit."

Mit seiner zweideutigen Aussage trifft er - und natürlich weiß er das ganz genau - meine schmerzlichsten Empfindungen und die Bedeutung seiner Worte sind viel tragischer als irgendwelche besonders schweren Faustschläge in meinen Magen oder mein Gesicht.

Doch zu meiner Erleichterung kann ich im linken Blickwinkel Keiths Jeep ausmachen und wie dieser gerade den Parkplatz des Krankenhauses verlässt. Jetzt muss er Carina nur noch sicher zu meiner Wohnung bringen. Endlich kann ich das irrsinnige Treffen beenden.

„Wir sehen uns!", knurre ich den *Besucher* an und schiebe mich an ihm vorbei in Richtung Parkplatz, wo mein Auto steht.

Kapitel 13

Auf der Rückfahrt zu meiner Wohnung wähle ich einige Umwege, um meine eventuellen Verfolger in die Irre zu führen. Doch zu meiner großen Überraschung scheinen die auszubleiben, jedenfalls kann ich kein verdächtiges Fahrzeug hinter mir erkennen. Aber das soll nichts bedeuten. Vielleicht hält sich der oder die Fahrer bewusst zurück.

Meine immer größer werdende Unruhe zwingt mich, Keith anzurufen, obwohl das keine gute Idee ist. Sollten unsere Smartphones geortet werden, sind wir schnell aufzufinden. Ich will aber unbedingt wissen, ob bei den beiden alles in Ordnung ist. Also wage ich einen Versuch und rufe über die Freisprechanlage an.

Keith meldet sich sofort. „Hier ist alles okay!" Als hätte er meine Frage schon geahnt. Aber warum sollte ich auch sonst anrufen? Bestimmt nicht, um mit ihm über das letzte grottenschlechte Spiel der Yankees zu diskutieren.

„Perfekt!", sage ich nur und beende daraufhin das Gespräch wieder. Aufgrund der Kürze der Verbindung dürfte eine Ortung nur schwer durchzuführen sein.

Den Rest der Fahrt denke ich über das bedeutungsschwere Treffen mit dem *ungebetenen Besucher* nach und analysiere jedes einzelne Wort von ihm. Besonders, dass er seine Frau explizit erwähnte, behagt mir überhaupt nicht. Ich muss mit Edward telefonieren und einige Dinge mit ihm besprechen. Außerdem brauche ich dringend neue Waffen.

Mit diesen Gedanken tauche ich später in die Tiefgarage meines Wohnhauses hinab und treffe dort auf Carina und Keith. Ich komme gerade dazu, wie er ihr beim Aussteigen aus dem Jeep hilft und ihr einen Rollstuhl bereithält. Auch der Portier des Hauses eilt herbei und fragt, ob er helfen kann. Ihn hatte ich von unterwegs telefonisch gebeten, Keith in die Tiefgarage zu lassen, was er natürlich sofort veranlasste. Der Vorfall mit Carina scheint den Portier immer noch tief zu bewegen.

Nicht nur ihn.

Jedenfalls fällt mir auf dem Weg zum Fahrstuhl ein, dass ich vergessen habe, Esmeralda Bescheid zu geben, dass Carina schon heute aus dem Krankenhaus eintrifft und nicht - wie vereinbart - erst morgen.

Als wir im Obergeschoss aus dem Fahrstuhl steigen, falle ich beinahe über die Wäschesäcke, wo die Kleidungsstücke von Josephine darin sind. Allerdings bleibt mir nicht viel Zeit, mich mit dem Gedanken auseinanderzusetzen, denn das Klingeln eines Smartphones fordert meine volle Aufmerksamkeit.

„Das ist meins ...", sagt Keith und zieht es aus der Hosentasche.

Gleichzeitig schielen wir auf das Display und als ich den Namen des Anrufers lese, blaffe ich: „Unterstehe dich, das Gespräch anzunehmen!"

Mit mehr Schwung als nötig schiebe ich Carinas Rollstuhl in Richtung meiner Wohnung, als sie mich neugierig fragt: „Wer war das denn?"

„Dein *ungebetener Besucher*!", knurre ich.

„Der kennt Keith?"

„Anscheinend ...", lüge ich. Wenn ich Carina erzähle, dass Keith sogar mit ihm Geschäfte macht, muss ich damit rechnen, dass sie ihn einer Extra-Behandlung unterzieht. Deshalb schweige ich vorerst.

Gerade will ich meine Wohnungstür aufschließen, da steht plötzlich Esmeralda vor uns. „Jesus!", ruft sie mit dem Blick auf Carina.

Ich wusste gar nicht, dass die Frau gläubig und zu irgendwelchen Gefühlen fähig ist.

Sofort lässt sie die Mülltüte, die sie in der Hand hält, fallen und gibt die Türe frei. „Ich habe das Gästezimmer noch nicht fertig", sagt sie kleinlaut. „Ich dachte, Ihr Besuch kommt erst morgen."

„So war es auch geplant", antworte ich und schiebe Carina an ihr vorbei ins Wohnzimmer.

Dort beginne ich auf der Couch ein Lager aus den vorhandenen Kissen zu bereiten, bis mich Esmeralda jäh unterbricht und faucht: „Ich mache das!"

„Natürlich!", sage ich und sehe ihr irritiert hinterher, als sie das Zimmer wieder verlässt.

„Ich will keine Umstände bereiten", flüstert Carina mir zu.

„Das ist eine schlechte Lebenseinstellung", scherze ich. „Esmeralda ist etwas gewöhnungsbedürftig und ich hoffe, du kommst mit ihr klar."

„Du weißt doch ... ich hatte meine Ausbildung im *Nahen Osten* ... das wird schon ..."

Plötzlich steht Esmeralda mit drei Decken und ebenso vielen Kissen auf dem Arm wieder vor uns. „Meine Herren, bitte verlassen Sie das Zimmer", schnarrt sie.

Da ich sie besonders gut kenne und jetzt nicht der beste Zeitpunkt für eine irrsinnige Diskussion ist, trete ich den Rückzug an. Doch Keith, der natürlich nichtsahnend ist, wirft entsetzt ein: „Carina braucht aber unsere Hilfe!"

Das hätte er nicht tun sollen!

Esmeralda lässt daraufhin die Decken samt Kissen fallen und baut sich in voller Größe sowie Breite vor ihm auf. Auch wenn Keith kein schmächtiges Kerlchen ist, so wirkt er neben ihr wie ein Schuljunge.

„Sehe ich so aus, als würde ich Ihre Hilfe brauchen?", schnaubt sie ihn an.

Keith tritt daraufhin automatisch einen Schritt zurück und schüttelt entsetzt den Kopf. Dann flieht er in meine Richtung und flüstert mir zu: „Woher hast du die denn?"

Bevor ich antworten kann, ruft Esmeralda: „Das habe ich gehört!"

Irgendwie kann ich mir ein freches Grinsen nicht verkneifen und als ich zu Carina sehe, lächelt diese auch.

„Komm mit!", sage ich zu Keith und ziehe ihn am Arm zur Tür hinaus. Diese schließe ich hinter uns und will von Keith wissen, ob er eine Ahnung hat, was der *ungebetene Besucher* von ihm will.

„Woher soll ich das wissen? Ich durfte doch das Gespräch nicht annehmen", mault er und starrt dabei ins Leere.

Er lügt!

Das bedeutet für mich, dass ich ab jetzt für Carinas Sicherheit allein sorgen werde. Sobald es ihr besser geht, fliege ich mit ihr zurück nach Südafrika auf Edwards Anwesen. Dort kann ich mit seiner Unterstützung rechnen, die ich dringend brauchen kann.

„Dann danke ich dir für deine Hilfe ...", sage ich zu Keith

und geleite ihn zur Wohnungstür.

„Soll ich nicht noch etwas bleiben?", fragt er mit einer verdutzten Grimasse.

„Nein … sobald Carinas Zimmer fertig ist, lege ich mich auch hin", erkläre ich und öffne die Tür einen Spalt.

„Okay … dann bis morgen."

Wir werden sehen.

Sobald Keith meine Wohnung verlassen hat, rufe ich im nächsten Atemzug Edward an, doch der nimmt zu meiner Enttäuschung das Gespräch nicht an. Wer weiß, an welcher Blume er gerade riecht.

Und was mache ich jetzt?

Vielleicht sollte ich dem eigenartigen Gefühl in meiner Magengegend Aufmerksamkeit schenken. Ich glaube, dieses Grummeln nennt sich Hunger. Kein Wunder, denn ich habe seit heute früh nur ein Toastbrot mit Erdnussbutter gegessen.

Doch bevor ich mir etwas beim Lieferservice bestelle, sollte ich mich vorher erkundigen, ob vielleicht Carina auch etwas essen möchte. Deshalb klopfe ich verhalten an die Tür zum Wohnzimmer und erst, als ich Esmeralda irgendetwas brummen höre, öffne ich diese einen Spalt.

„Ich wollte nicht stören und nur fragen, ob jemand von euch Hunger hat … ich würde etwas bestellen", schlage ich zögerlich vor.

„Also, ich schon …", druckst Carina, die in viele Decken gehüllt auf meiner Couch liegt. Irgendwie ist das für mich ein verstörender Anblick, denn es gab nur eine Frau in meinem Leben, die dieses Privileg besaß.

„Dieses junge Ding braucht frisch gekochtes Essen und nicht dieses fertige Zeug", wirft Esmeralda energisch ein.

„Wie Sie wissen, ist mein Kühlschrank leer", patze ich. „Ich würde auch lieber selbst zubereitete Pasta essen."

„Ab morgen kümmere ich mich um die Ernährung!", brummt Esmeralda und schiebt sich an mir vorbei zur Tür hinaus.

Statt ihr eine Antwort zu geben, sehe ich zu Carina und ziehe dabei eine dümmliche Grimasse.

„Es tut mir leid, dass ich dein Leben so durcheinander bringe", entschuldigt sie sich.

„Einiges davon habe ich selbst zu verschulden", entgegne ich. „Und falls du auf die Wäschesäcke vor der Tür anspielst ... das hätte ich schon viel eher machen sollen. Aber das ist so endgültig für mich und dafür habe ich eine gewisse Zeit gebraucht. Und vielleicht musstest du erst in mein Leben treten, damit ich einen Grund habe, diesen Schritt zu gehen."

„Was hat das denn mit den Wäschesäcken auf sich?", fragt Carina.

„Hat Esmeralda es dir nicht erzählt?"

„Nein!"

Auch gut.

In Kurzform schildere ich, wie es ausgerechnet heute zu meinem Entschluss kam, mich von Josephines Sachen zu trennen.

„Und du hattest seitdem keine Frau mehr in deinem Leben?"

„Die ersten zwei Jahre nach Josephines Tod nicht und danach gab es jemanden ..."

„Gab?", wiederholt Carina.

„Ja ... es ist vorbei ... sie wollte eine Beziehung, was ich nicht konnte ..." Bei meinen Worten lasse ich mich in einen der zwei Sessel fallen und sehe zu den Fotos, die auf dem Sekretär stehen. Werde ich jemals in der Lage sein, diese Bilder wegzuräumen? Zum jetzigen Zeitpunkt kann ich die Frage mit einem klaren *Nein* beantworten.

„Das ist doch offensichtlich, wenn man deine Wohnung betritt, dass du noch nicht wieder für eine Beziehung bereit bist", sinniert Carina.

„Findest du?"

„Natürlich! Überall stehen die Fotos von deiner Frau und bis heute noch lagen ihre Schminksachen im Bad und ihre Kleidungsstücke hingen im Schrank … da würde ich als Frau schon stutzig …"

„Also, Gillian, sie hat vor ein paar Tagen die Wohnung zum ersten Mal betreten und das auch nur gegen meinen Willen", gebe ich zu.

„Und wie lange kanntet ihr euch?"

„Knapp ein Jahr!"

„Das ist ja eine richtige Lovestory", sagt Carina voller Ironie.

„Und was ist mit deiner?", lenke ich ab.

„Die endet mit dem Tod … das verspreche ich dir!", knurrt sie.

Ich befürchte, ihr Vater ist schneller gewesen!

„Erstmal wirst du wieder gesund und wir sollten jetzt endlich was zu essen bestellen", schlage ich vor.

Nach einer kurzen Abwägung aller Möglichkeiten haben wir uns dafür entschieden, etwas in einem chinesischen Restaurant zu bestellen. Das ist hier gleich um die Ecke und wir hoffen, dass wir nicht lange warten müssen, denn mittlerweile plagt uns doch der Hunger enorm.

Während ich telefoniere und die Bestellung aufgebe,

dringen lautstark Geräusche aus dem Gästezimmer zu mir.

Was macht Esmeralda dort nur?

Gerade will ich nachsehen, da fragt mich Carina: „Der *ungebetene Besucher* ... wie du so schön sagst, woher hat er die Narbe im Gesicht und am Hals?"

„Du weißt, wie er aussieht?", frage ich und bin erstaunt.

„Ja! Es ist immer besser, seine Gegner vom Aussehen her zu kennen. Seine geschäftlichen Erfolge waren in vielen Zeitungsartikeln nachzulesen. Allerdings unter seinem richtigen Namen. Also ... woher hat er die Narben?"

Statt ihr zu antworten, sehe ich sie nur vielsagend an.

„Von dir?" Carina reißt bei ihrer Feststellung die Augen weit auf. „Und er hat das einfach so hingenommen?"

„Nein! Seine Rache an mir war genauso schlimm wie der Tod von Josephine ..."

„Oh ... wie schrecklich!", flüstert Carina. „Wie lange ist das her?"

„Über dreißig Jahre ..."

„Und was hat er dir angetan? Also wenn ich das fragen darf?"

„Darfst du und irgendwann erzähle ich es dir ... nur heute habe ich erstmal genug von Emotionen ... wenn du das verstehst ..."

„Natürlich ...", sagt sie und für einen langen Moment schweigen wir beide, bis ich Carina vor Keith warne. „Er hat Geschäfte mit *dem Besucher* gemacht und ich bin mir sicher, er tut es immer noch. Sollte er ihn mutwillig auf deine Spur geführt haben, dann hat er mich zum Feind!"

„Dann hätte er mich nicht vor ihm in Sicherheit gebracht", wirft Carina ein.

„Nur deshalb ist er auch noch am Leben", brumme ich.

„Außerdem hat Edward ihn auf seiner Todesliste stehen."

„Warum das denn?", will Carina sofort wissen und richtet sich etwas auf.

Der Besucher hat Keith Rohdiamanten für hunderttausend Dollar verkauft, die aber einen Wert von einer halben Million Dollar haben und … die gehören allerdings Edward …"

„Huch! Und wie kommt *der Besucher* an Edwards Diamanten?"

„Einer seiner Leute war zu gierig", bemerke ich mit vielsagender Betonung.

Genau in diesem Moment klingelt es an meiner Gegensprechanlage. Das wird der Lieferservice sein.

***

Mittlerweile ist es spät am Abend, als wir mit dem Essen fertig sind. Ich hatte viel zu viel bestellt und deshalb dauerte es wohl so lange. Natürlich haben wir uns in dieser Zeit viel erzählt und dabei erfuhr ich, wie es mit Carinas Behandlung weitergeht, denn normalerweise hätte sie noch stationär im Krankenhaus bleiben müssen. Sie hat wohl dem behandelnden Arzt eine haarsträubende Story erzählt - obwohl ihre wahre Geschichte von der nicht viel abweicht - und deshalb erreicht, dass sie eine Adresse von ihm erhielt, wo sie ambulant weiter betreut werden kann. Außerdem bestände eine geringe Chance, dass sich ihre Gebärmutter erholt, sodass sie vielleicht in ein paar Jahren doch noch Kinder bekommen könnte.

Ich hoffe es für sie.

Doch dann hat Carina einen Wunsch geäußert, der mich

emotional an meine Grenzen bringt.

„Kannst du nicht bis morgen warten, wenn Esmeralda wieder hier ist?", habe ich sie gebeten.

„Nein! Aiden, an mir klebt überall noch das Blut und die Händeabdrücke dieser schäbigen Typen ... im Moment sehe ich nicht so aus, als ob ein Mann bei meinem Anblick sexuelle Gefühle bekommt ... also hilfst du mir jetzt beim Duschen? Allein schaffe ich das nicht!"

„Aber die Typen haben dir nicht noch mehr angetan, oder?"

„Nein!", sagt sie knapp.

„Dann suche ich mal einen Stuhl oder einen Hocker, den wir in die Dusche stellen können", murmle ich und stehe auf.

„Danke ...", ruft sie mir hinterher.

In Wirklichkeit weiß ich genau, welchen Stuhl ich nehmen muss und wo er steht, denn ich habe Josephine in den letzten Wochen ihrer Krankheit täglich geduscht.

Warum will dieses verdammte Schicksal gerade jetzt, dass ich mich mit meiner Vergangenheit auseinandersetze?

Mein Weg führt mich geradewegs in den Abstellraum und es kostet mich eine enorme Überwindung, den weißen Plastikstuhl überhaupt zu berühren, geschweige denn anzupacken und ins Badezimmer zu tragen. Doch Carina braucht jetzt genauso meine Hilfe wie Josephine damals.

Also stelle ich den Stuhl zuerst in die ebenerdige Dusche und gehe dann ins Wohnzimmer zurück, um Carina zu holen, denn sie darf sich unter keinen Umständen großartig bewegen und schon gar nicht laufen.

Ohne auf mich zu warten, hat sie sich bereits in den Rollstuhl gehievt - der eine Leihgabe des Krankenhauses ist -

und mir bleibt nur, sie ins Bad zu schieben, allerdings mit einer gehörigen Standpauke.

„Du klingst wie meine Mutter und Vater zusammen", erhalte ich als Antwort von ihr.

„Deren Ratschläge du bestimmt regelmäßig ignorierst", schlussfolgere ich.

„Nicht alle!"

„Das lässt eine gewisse Hoffnung in mir aufkeimen …", sage ich.

Inzwischen sind wir im Bad angekommen und vor Unsicherheit streiche ich mir meine immer wieder ins Gesicht fallenden Haare nach hinten. Dass dies meiner Kopfwunde nicht gefällt, äußert sich mit einem kurzen stechenden Schmerz.

„Was macht eigentlich deine Wunde?", fragt Carina, die mich die ganze Zeit schon ununterbrochen ansieht.

„Sie ist noch an der gleichen Stelle und meldet sich ab und an. Ich habe das Gefühl, wir werden keine richtigen Freunde …"

„Ich mag deinen Humor", bemerkt sie. „Aber jetzt will ich endlich unter die Dusche, nur dafür brauche ich deine Hilfe beim Ausziehen. Ich kann den rechten Arm kaum bewegen."

„Das ist mir vorhin schon beim Essen aufgefallen …"

„Ach, das ist nur, weil ich so fest zugeschlagen habe … das wird wieder!"

„Dich möchte ich nicht unbedingt zur Feindin haben", murmle ich und helfe ihr, die Jogginghose auszuziehen. Sogar ihre Beine sind von Blutergüssen übersät. Den Kapuzenpullover loszuwerden ist weitaus schwieriger und als ich ihr bei der Unterwäsche ebenfalls helfen muss, fühle ich mich total überfordert, weil ich erst jetzt das Ausmaß ihrer

Verletzungen sehe.

Ich bin viel zu sanft mit ihrem Freund umgegangen!

Zum anderen sitzt mir eine doch fremde Frau völlig nackt gegenüber und ist auf meine Hilfe angewiesen. Doch Carina wäre nicht sie selbst, wenn sie nicht auch diese Situation mit einem gewissen Humor meistern würde.

„So, wie ich im Moment aussehe, sollte ich mich als Aushilfsglöckner von Notre Dame bewerben, oder was sagst du? Und jetzt guck nicht so verklemmt und wehleidig, in ein paar Tagen bin ich wieder fit!"

„Verklemmt?", empöre ich mich.

„Na, anders kann ich deine komische Körperhaltung im Moment nicht deuten …"

„Na ja … es ist lange her, dass hier eine Frau geduscht hat", entgegne ich.

„Tut mir leid, Aiden … daran habe ich jetzt nicht gedacht."

„So habe ich es auch nicht gemeint …", wiegle ich ab. „Es ist im Moment einfach alles total durcheinander und ich weiß nicht, wie ich mit einigen Situationen umgehen soll."

„Mir geht es nicht anders … von meiner Vergangenheit ist nichts mehr übrig … kein Freund, keine Wohnung und kein Leben mehr … ich muss nochmal ganz von vorn anfangen …", sagt sie traurig.

Was für ein Desaster. Ihr geht es tatsächlich viel schlechter als mir, aber ich bin der, der jammert.

„Jetzt spülen wir dein altes Leben ab und fangen gleich morgen mit der Planung für dein neues an", schlage ich vor und helfe ihr beim Aufstehen aus dem Rollstuhl. Da ich mich auf mein Unterbewusstsein verlassen kann, sorgt dieses sofort dafür, dass ich mit den richtigen Handgriffen Carina in die Dusche hebe. Ich kann mich noch gut daran erinnern, wie ich es mit Josephine handhabte.

Jedenfalls sind wir nach kurzer Zeit ein eingespieltes Team und eine halbe Stunde später kuschelt sich Carina in die frisch bezogene Decke im Gästezimmer. Ihr Smartphone lege ich griffbereit auf den Bestelltisch und rate ihr, dass sie sich jederzeit bei mir melden kann, sollte etwas sein.

„Singst du mir noch ein Schlaflied?", fragt sie mich belustigt, als ich gerade das Zimmer verlassen will.

„Glaube mir, Carina, das willst du nicht wirklich", antworte ich und grinse sie an. „Schlaf schön ... bis morgen!"

„Du auch und danke für deine Hilfe!"

Nicht dafür!

Kapitel 14

Schlaftrunken blinzle ich in die Morgensonne und augenblicklich wird mir bewusst, dass es schon recht spät sein muss. Eigentlich brauche ich ewig, bis ich mich zum Aufstehen überreden kann, doch heute stürze ich förmlich aus dem Bett. Meine Sorge gilt Carina. Nur mit Shorts und T-Shirt bekleidet reiße ich die Schlafzimmertür auf und laufe geradewegs Esmeralda in die Arme. „Was machen Sie denn schon hier?", blaffe ich sie versehentlich an.

„Frühstück ist fertig!", erhalte ich als Antwort.

„Na, du Langschläfer", ruft Carina mir entgegen und rollt dabei auf mich zu.

„Was habe ich verpasst?", frage ich.

„Es ist 10 Uhr", bemerkt Carina frech und fährt an mir vorbei ins Esszimmer.

„Echt?", rufe ich und hau mir mit der flachen Hand gegen die Stirn. So lange habe ich ewig nicht mehr geschlafen.

Allerdings war der Schlag eine dumme Idee von mir. Meine Kopfwunde schmerzt davon erheblich. Außerdem muss ich in den nächsten Tagen noch die Fäden ziehen lassen. Doch jetzt brauche ich erstmal eine Dusche, um richtig munter zu werden, denn sonst halte ich dem - mittlerweile frauenlastigen - Haushalt nicht stand.

Eine Viertelstunde später sitze ich mit Carina am Frühstückstisch, während Esmeralda sich in der Küche zu schaffen macht.

„Was tut sie da?", frage ich.

„Sie kam heute früh in Begleitung ihres Mannes mit vier schweren Einkaufstaschen und hat mir verkündet, dass sie ab jetzt für den gesamten Haushalt sorgen wird ... einschließlich meiner Pflege."

„Das klingt wie eine Bedrohung", flüstere ich.

„Es wird Zeit, dass etwas Leben in deine Wohnung einzieht", sagt Carina und grinst mich dabei verschmitzt an.

„Das ist eine Bedrohung!", argumentiere ich und grinse zurück.

Leben!

Der Rest des Frühstücks verläuft zu meiner Zufriedenheit ohne schwere Diskussionen. Allerdings scheint Esmeralda meine Küche umzuräumen, jedenfalls kann ich die lauten Geräusche daraus nicht anders deuten.

Mit dem letzten Schluck Kaffee klingelt mein Smartphone und misstrauisch schiele ich darauf. Der Portier ruft an. Bestimmt nicht, um mir einen schönen guten Morgen zu wünschen. Sofort nehme ich das Gespräch an und nur ein lautstarkes Stimmengewirr ist zu hören. Zu meiner großen Freude erkenne ich eine davon. „Lassen Sie die Person passieren", bitte ich den Portier und beende das Gespräch.

„Du bekommst Besuch?", fragt Carina und sieht mich verwirrt an.

„Den kennst du schon", beruhige ich sie, stehe auf, stecke mein Smartphone in die Hosentasche und gehe zur Wohnungstür.

Erst als ich Geräusche vor der Tür höre, öffne ich diese.

Ohne ein Wort, dafür mit einem vielsagenden Blick und einer darauffolgenden innigen Umarmung begrüße ich meinen Gast. Seinen zwei Begleitern, die vor der Tür weiter warten, schüttle ich die Hände, während mein Gast eintritt.

„Wo ist die ramponierte Prinzessin?", ruft er aus.

„Im Esszimmer", sage ich und folge ihm.

Als er es betritt, lässt er seine große Tasche fallen, dreht sich mit weit aufgerissenen Augen zu mir um und sagt: „Na, so schlimm, wie du mir am Telefon erzählt hast, sieht sie gar nicht aus." Sein schweres Schlucken kann Carina nicht sehen, dafür aber ich.

„Edward ... du Lügner", motzt Carina. „Was machst du hier?"

„Wieso Lügner?", entrüstet er sich, geht zum Tisch und setzt sich daraufhin zu Carina. Dann mustert er sie intensiv und murmelt: „Und diesem Arschloch, der das in Auftrag gegeben hat, hast du nur die Kniescheiben zerschossen? Und was ist mit den restlichen Missgeburten?", knurrt Edward und sieht mich jetzt mit finsterem Blick an.

„Um die hat sich Carinas Vater gekümmert", antworte ich.

„Du brauchst hier dringend Unterstützung", brummt Edward.

„Da gebe ich dir recht. Die Lage hat sich etwas zugespitzt", bemerke ich und an meiner Tonart und Ausdrucksweise erkennt Edward, dass ich untertreibe.

„Erzähle!", sagt er.

„Ich habe dich gestern Abend versucht anzurufen ..."

„Da war ich schon im Flugzeug ...", entgegnet er.

„Ich dachte, du hast ein Date mit einer besonders schönen Blume und wirst dich irgendwann melden."

„Dass mit den Blumen ist Vergangenheit … ich bevorzuge ab jetzt Prinzessinnen", sagt er bedeutungsschwer.

Dachte ich es mir doch und mein Gefühl hat mich nicht getäuscht. Carina hat es Edward angetan.

„Dann kannst du in den nächsten Stunden den tapferen Ritter spielen und die Prinzessin vor einem rachsüchtigen Schurken und einem Betrüger beschützen!"

„Da lässt man dich zwei Tage allein und du legst dich gleich mit ganz New York an", knurrt Edward und sieht mich fragend an. Daraufhin erzähle ich von dem *ungebetenen Besucher* bei Carina im Krankenhaus und meinen Bedenken Keith gegenüber.

„Dann bin ich ja froh, dass ich genug Waffen mitgebracht habe", bemerkt Edward bissig und zeigt auf seine mitgebrachte Tasche. „Da ist auch noch ein Brief für dich drin."

„Für mich? Seit wann schreibst du mir Briefe?"

„Nicht ich, du Idiot … Grace!"

„Grace?", krächze ich.

„Sie ist in New York und hat mich am Flughafen heimlich abgefangen", erklärt Edward und mustert mich mit zusammengekniffenen Augen.

„New York?", wiederhole ich röchelnd.

Dann hatte ich doch keine Halluzinationen.

Diese betörend schönen Augen verfolgen mich nicht erst seit heute.

„Wer ist Grace?", fragt Carina leise Edward, die bisher sehr schweigsam war.

„Grace? Oh meine Prinzessin … das ist eine lange Geschichte", johlt Edward und grinst zu mir. „Soll ich es Carina erzählen?", fragt er mich scheinheilig.

„Du tust es eh … egal, was ich sage", brumme ich.

„Ein schweres Thema", wiegelt Edward ab und macht zu Carina hin eine für mich undefinierbare Handbewegung.

„Was hast du für Waffen in der Tasche?", lenke ich mit meiner Frage ab.

„Du hast gejammert, dass du nur noch alte Pistolen im Bestand hast und da dachte ich, ich komme mal vorbei und bringe dir welche ..."

„Extra aus Südafrika ... das ist wahre Freundschaft", bemerkt Carina.

„Ich brauchte doch einen Grund, dich zu sehen", sagt Edward und himmelt sie dabei an.

„Flirtest du etwa mit mir?"

„Also mit mir bestimmt nicht", sage ich und ziehe dabei den Reißverschluss der Tasche auf. Tatsächlich beherbergt sie ein ganzes Waffenlager. „Für was brauche ich eine leichte Panzerfaust mit Kaliber 60 mm?"

„Na, ich dachte ... du hast vielleicht blöde Nachbarn ... mit der kleinen Variante sprengst du nur das Haus weg und nicht gleich den gesamten Straßenzug ..."

„Deine Weitsichtigkeit und Rücksichtnahme ist beispiellos", sage ich sarkastisch und durchwühle weiter die Tasche. Edward hat wirklich an alles gedacht: Handgranaten befinden sich genauso darin wie Pistolen mit verschiedenen Kalibern und drei Schnellfeuergewehre.

Will ich wissen, woher er das alles hat? Nein!

Auch Carina ist von der Ausrüstung begeistert, denn sie ist mittlerweile mit dem Rollstuhl zu der Tasche gefahren. Das gefällt wiederum Edward, der sie mit einem fetten Grinsen im Gesicht beobachtet. „Wenn du wieder fit bist, feuern wir das Ding mal ab", schlägt er vor.

„Unbedingt! Eine Panzerfaust hatte ich noch nie in

Gebrauch!", sagt sie.

„Na, dann wird es Zeit", freut sich Edward.

Mit verständnislosem Blick sehe ich erst zu Carina und dann zu Edward und nuschle dabei: „Eure Probleme möchte ich haben."

„Was?", fauchen beide gleichzeitig.

Jesus! Da haben sich die Richtigen gefunden.

Drei Atemzüge lang beobachte ich beide noch, bis mich mein Unterbewusstsein an den Brief erinnert. Wie in Zeitlupe greift meine Hand nach dem beigen Umschlag und zieht ihn vorsichtig aus der Tasche. Die Initialen *GG* für *Grace Graham* auf der Vorderseite fallen mir sofort ins Auge.

„Oh ... jetzt sollten wir verschwinden", flüstert Edward zu Carina und steht auf.

„Ich will aber die Geschichte von dieser Grace hören", bittet Carina und zieht einen Schmollmund, wie ein trotziges Kleinkind. Natürlich im Rahmen ihrer eingeschränkten Möglichkeiten aufgrund ihrer Verletzungen.

„Nur, wenn du dich mit mir ins Bett legst", bemerkt Edward und grinst frech.

„Du lässt echt nichts anbrennen, oder?", entgegnet ihm Carina.

„Prinzessin! Du gehörst ins Bett! Und das ist jetzt ein Befehl ... ohne Hintergedanken!", schnarrt Edward.

„Jetzt fang du nicht auch noch so an. Aiden benimmt sich schon wie mein Vater und meine Mutter zusammen", jammert sie.

„Dann bin ich jetzt die böse Stiefmutter!", ergänzt Edward und schiebt eine schimpfende Carina zur Tür hinaus.

Ich bleibe mit dem Brief in der Hand und den Waffen zurück im Esszimmer und setze mich auf den Fußboden. Dabei versinke ich in tiefe Gedanken und so findet mich irgendwann Esmeralda. Ihr verdutzter Blick spricht für sich.

Ich bin wohl in diesem Moment auch ein gewöhnungsbedürftiger Anblick. Den Brief lese ich später, beschließe ich und begebe mich daraufhin ins Ankleidezimmer.

Für meinen folgenden Termin muss ich mich noch umziehen. Zu meiner eigenen Sicherheit wähle ich unter einem grauen Hemd und dem passenden Anzug eine schusssichere Weste.

Damit bekleidet, klopfe ich anschließend an die Tür von Carinas Zimmer. Ich warte so lange, bis beide gleichzeitig, „Ja!", rufen. Erst dann öffne ich die Tür einen Spalt und sehe hinein. Tatsächlich liegt Edward bei Carina im Bett - angezogen versteht sich - doch ihr Blick zu mir ist anders.

Er hat ihr schon von Grace erzählt.

„Ich muss ein paar Erledigungen machen", erkläre ich hastig, damit ich keine eventuellen Fragen beantworten muss.

„Nimm einen von meinen Männern mit", rät Edward, „und vergiss die Panzerfaust nicht!"

„Mach ich!", sage ich und ein verschmitztes Grinsen huscht über mein Gesicht. Dann wende ich mich ab, schließe die Tür wieder und eile ins Arbeitszimmer, um meinen Laptop zu holen. Natürlich vergesse ich auch die Pistole nicht.

Bei Esmeralda verabschiede ich mich mit der Bemerkung, dass sie gut auf Carina achten soll und verschwinde mit dem schwarzen Mantel in der Hand aus meiner Wohnung.

Der Brief von Grace steckt noch ungelesen in meiner Jackett-Innentasche.

Kapitel 15

Das Wetter in New York ist heute kalt, aber sonnig. Mein Ziel ist der Diamond Jewelry Way in der West 47th Street. Entgegen Edwards Rat habe ich beschlossen, allein zu gehen.

Keith ruft mich jetzt schon zum dritten Mal innerhalb der letzten fünf Minuten an, doch das Gespräch nehme ich auch jetzt nicht an, sondern schicke ihm nur eine Sprachnachricht, dass Edward gekommen ist und er sich meiner Wohnung besser fernhalten soll. Um mit meiner Nachricht die passende Wirkung zu erzielen, erwähne ich dezent Edwards Todesliste. Das müsste reichen und sogar Keith begreifen. Danach erhalte ich keine Anrufe mehr von ihm.

Die 5th Avenue ist um diese Uhrzeit stark befahren und ich brauche länger, als ich eingeplant habe. Als ich in die West 47th Street einbiege, ist das fünfte Gebäude mein Ziel. Direkt davor halte ich und bevor ich aussteige, versichere ich mich - wie immer - zu allen vier Himmelsrichtungen ab, ob ich vielleicht eventuelle verdächtige Personen ausmachen kann. Eigentlich hatte ich gerade heute mit Verfolgern gerechnet, doch anscheinend interessiert sich niemand für mich.

Das ist noch besser.

Mit diesen Gedanken steige ich aus und verschwinde wenige Augenblicke später hinter einer der schäbigen Eingangstüren.

„Was für eine Freude, Sie zu sehen, Mr. Collister", werde ich von dem Mann mit schwarzem Hut, Bart und Schläfenlocken begrüßt.

„Mr. Van Loon", sage ich und schenke ihm ein aufrichtiges Lächeln. Der darauffolgende Händedruck von uns ist fest, aber nicht drohend. Man akzeptiert sich als loyale Geschäftspartner.

„Wenn Sie mir bitte folgen wollen", sagt Mr. Van Loon und geht voraus.

Ich habe ihn schon vorab per E-Mail über meinen anstehenden Besuch informiert. Allerdings ist das schon ein paar Tage her.

Es sind eigentlich immer die gleichen Gepflogenheiten und Regeln, die beim An- und Verkauf von Rohdiamanten oder bereits geschliffenen stattfinden: geheime Absprachen bleiben hinter verschlossenen Türen - das sagt der Ehrenkodex der Händler - und ein Handschlag besiegelt das Geschäft.

Ich folge Mr. Van Loon in eins der vielen unscheinbaren Hinterzimmer und dort breitet er auf einem Glastisch seine Ware aus. Vor mir liegen Diamanten, die in verschiedene Formen geschliffen wurden: der runde Brillantschliff ist die häufigste Art, wie Diamanten bearbeitet werden. Es gibt außerdem noch den Glatt-, Treppen- und gemischten Schliff, aber mein Kunde möchte nur Diamanten der typischen Form.

„Wie immer haben Sie eine grandiose Auswahl an Steinen", lobe ich Mr. Van Loon.

„Mr. Collister, das von Ihnen zu hören, freut mich besonders. Suchen Sie Diamanten für einen bestimmten Anlass?"

„Sie haben es erraten. Die Tochter eines langjährigen Kunden heiratet und er möchte ihr mit einem Collier ein ganz besonderes Geschenk machen."

„Wissen Sie schon, in welchem finanziellen Bereich wir uns bewegen?"

„Es sollte nicht mehr als fünfhunderttausend Dollar kosten."

„Ein guter Preis", säuselt Mr. Van Loon und ich kann ein gewisses Funkeln in seinen Augen ausmachen. Und das kommt nicht von den Diamanten, die vor uns liegen.

„Unter diesen Umständen werde ich natürlich das Collier selbst anfertigen. Gibt es bestimmte Wünsche?", will er wissen.

„Nein! Sie haben bei der Gestaltung freie Hand. Der Kunde wünscht vorab drei Vorschläge und wird sich dann für eine Variante entscheiden."

„Morgen haben Sie meine Entwürfe in Ihrem E-Mail-Postfach", sagt Mr. Van Loon und seine Augen leuchten immer noch.

„Bitte fügen Sie dort schon als Anhang die Zertifikate der Steine bei. Der Kunde legt besonderen Wert darauf", sage ich mit Nachdruck in der Stimme.

„Sie kennen meine Arbeitsweise und …"

„Deshalb bin ich hier", unterbreche ich ihn.

Ich weiß, dass Van Loon nie Konfliktdiamanten anfassen würde, geschweige denn verarbeiten.

Sollte der Deal zustande kommen - wovon ich überzeugt bin - erhalte ich für meine Vermittlung zehn Prozent Provision.

Ein verdammt gutes Geschäft.

Mit einem fetten Grinsen im Gesicht verlasse ich fünfzehn Minuten später Mr. Van Loon.

Ich brauche nur den Gehweg zu betreten und weiß, dass ich erwartet werde. Zumindest verrät mir das mein Bauchgefühl.

Scheinbar interessiert an den verschiedenen Auslagen im Schaufenster, kann ich durch die Spiegelung der Glasscheibe in einem eingeschränkten Radius einen mir bekannten Jeep ausmachen. Auch wenn sich der Fahrer hinter einem tief ins Gesicht gezogenen Basecap versteckt, so weiß ich doch, wer es ist: Keith.

So wie ich vermute, wird er nicht zu meinem persönlichen Schutz hier sein. Allerdings hätte er für seine Observierung das Auto wechseln sollen. Solche Fehler dürfen sich nur Anfänger leisten.

Ich kann mir schon denken, wer ihn geschickt hat.

Eigentlich wollte ich mich nach dem Gespräch mit Mr. Van Loon in ein Café setzen und in Ruhe den Brief von Grace öffnen. Doch das ist unter den neuen Umständen zu gefährlich.

Der Brief muss warten!

***

Gerade habe ich beschlossen, zu meiner Wohnung zurückzufahren, da erreicht mich ein Anruf von Carinas Chef Mr. De Cook. Völlig aufgelöst erzählt er mir, warum er mich kontaktiert. Der Grund dafür verschlägt mir allerdings die Sprache. Erst nachdem Mr. De Cook zum dritten Mal nachfragt, ob wir uns sofort im Diamond Traders Club treffen können –

der nur ein paar Meter von meinem derzeitigen Standort entfernt ist - bejahe ich krächzend und beende das Gespräch.

Diese alarmierenden Neuigkeiten übermittle ich als Nachricht sofort an Edward in unserer eigens entwickelten Geheimsprache.

Um nicht weiter als Zielscheibe hier auf der Straße zu stehen, gehe ich zu meinem Auto und will mich eigentlich hineinsetzen und auf Mr. De Cook warten.

Die Betonung meiner Vorgehensweise liegt auf WILL.

Nachdem, was mir gerade Mr. De Cook berichtet hat, sollte ich eine gewisse Vorsicht walten lassen.

Automatisch schiele ich zu dem Jeep von Keith, doch der ist nicht mehr da. Jetzt werde ich noch misstrauischer. Deshalb gehe ich zurück in das Geschäft von Mr. Van Loon und bitte ihn um einen Handspiegel mit einem möglichst langen Griff. Auf seinen verdutzten Gesichtsausdruck hin erzähle ich ihm, was ich gerade von Mr. De Cook erfahren habe und für was ich den Spiegel brauche.

„Das ist ja schrecklich!", ruft er aus und beginnt sofort, bestimmte Schränke in seinen Räumen zu durchsuchen.

In der Zwischenzeit erhalte ich von Edward eine verschlüsselte Nachricht, worin er mir mitteilt, dass Unterstützung zu mir unterwegs ist. Natürlich vergisst er nicht zu fragen, warum ich die Panzerfaust nicht mitgenommen habe.

Recht hat er. Verdammt!

Leider kann mir Mr. Van Loon nach langem Suchen nur einen kleinen Handspiegel anbieten, der mir allerdings für mein Vorhaben nichts nützt. Vielleicht kann mir Edwards Unterstützung weiterhelfen.

Mit Unbehagen verlasse ich das Geschäft wieder und

genau in diesem Moment kommt ein schwarzer Van mit abgedunkelten Scheiben angeprescht und hält direkt hinter meiner Limousine.

Ob das eine gute Idee ist?

Es kommt ganz darauf an, wer im Van sitzt.

Zu meiner Absicherung greife ich mit einer möglichst unauffälligen Bewegung nach meiner Pistole, die im Hosenbund am Rücken steckt.

Als sich die Schiebetür des Vans öffnet und drei schwer bewaffnete und vermummte Personen aussteigen, halte ich für einen Moment die Luft an. Da sie die typische SWAT-Kleidung tragen - gekennzeichnet als Sonderkommando - ahne ich, dass es Edwards Männer sind.

Der Mann hat weltweit unbeschreibliche Kontakte – und ich frage mich jedes Mal, wie er das schafft. Natürlich spielt Geld dabei eine wichtige Rolle, aber nicht jeder Mensch ist käuflich und trotzdem braucht ein Edward Bright nur einen Anruf tätigen und die Welt tanzt nach seinen Regeln.

Ein Mitglied des SWAT-Teams kommt geradewegs auf mich zu und gibt mir mit einem versteckten Zeichen zu verstehen, dass er zu mir will. „Edward schickt mich", murmelt er durch seine schwarze Strumpfmaske.

„Unter meinem Auto vermute ich eine Bombe ...", sage ich mit bedeutungsschwerer Betonung.

„Wir sehen sofort nach!", sagt er und teilt mit knappen Befehlen seine Leute ein. Mich sichert er so ab, indem er sich breitbeinig, mit dem Gesicht zur Straße, vor mich postiert. Ein anderer kümmert sich um mein Auto und der Dritte überwacht das Gelände.

Es dauert nur ein paar Atemzüge, bis ich die Bestätigung habe, dass sich tatsächlich unter meinem Auto eine Bombe befindet. Diese kann nur angebracht worden sein, während ich im Geschäft von Mr. Van Loon war, denn das Parkhaus von meiner Wohnung wird Tag und Nacht videoüberwacht - also kann es nur Keith gewesen sein. Sollte ich mich allerdings täuschen, dann frage ich mich, warum er mich nicht gewarnt hat und meinen Tod in Kauf genommen hätte. Zum gegebenen Zeitpunkt werde ich ihn mir gnadenlos vorknöpfen.

Natürlich hat sich die Ankunft des SWAT-Teams gerade auf dieser Straße sofort herumgesprochen und die hier ansässigen Geschäftsinhaber mit dem dazugehörigen Sicherheitspersonal fürchten um ihre hochwertige Ware. Es dauert deshalb nicht lange, bis wir viele Fragen beantworten müssen.

Trotzdem beobachte ich, wie sich ein Mitglied des SWAT-Teams unter mein Auto legt und scheinbar versucht, die Bombe zu entschärfen.

„Ist das nicht etwas gefährlich?", werfe ich ein. „Was ist, wenn die Bombe ferngezündet wird?"

„Dann haben wir gleich auf der Straße eine riesige Schweinerei", erhalte ich als Antwort. „Aber wenn wir uns nicht getäuscht haben, geht die Bombe erst hoch, wenn der Motor gestartet wird."

Es ist immer schön, auch einmal gute Nachrichten zu hören.

Jedenfalls müssen sich im nächsten Augenblick alle Anwesenden - mich eingeschlossen - weitab vom Auto in Sicherheit bringen. Es vergehen einige Minuten – in denen die Inhaber um ihre Auslagen in den Geschäften bangen müssen.

Ich fühle mich plötzlich wieder einmal mit dem Tod

konfrontiert. Allerdings nicht auf die gewöhnliche verbundene Weise wie sonst, sondern mit gehörigem Respekt.

Ist mir etwa die Lust am Sterben abhanden gekommen? Anscheinend!

Ich will vorher den Brief von Grace noch lesen.

***

Nach der erfolgreichen Entfernung der Bombe unter meinem Auto weht durch den Diamond Jewelry Way ein Sturm der Erleichterung. Nicht auszudenken, wenn gerade hier ein Sprengsatz explodiert wäre.

Doch damit ist das Problem noch lange nicht erledigt. Deshalb wende ich mich an den Kommandanten des SWAT-Teams und schlage ihm vor, die Geschäftsinhaber oder deren Sicherheitskräfte zu bitten, uns die eventuellen Videoaufzeichnungen zur Verfügung zu stellen.

„Wir finden den, der die Bombe installiert hat", versichert er mir.

Meiner Meinung nach kann das wirklich nur ein Profi gewesen sein, denn wenn die Bombe tatsächlich mit der Zündung gekoppelt war, muss er das Sicherheitssystem des Auto-Herstellers gehackt und sich über meine persönlichen Daten eingeloggt haben. Das Anbringen unter meinem Auto ist dann nur noch eine Kleinigkeit. In einer verschlüsselten Nachricht bitte ich Edward, Keith zu orten.

Er wird ihn finden!

„Mr. Collister", höre ich es plötzlich hinter mir und als ich mich umdrehe, stehen da Mr. De Cook und Carinas Vater.

Wieso habe ich sie nicht eher bemerkt? Meine Wut und mein Groll auf Keith haben mich wohl abgelenkt.

„Ist Ihnen wirklich nichts passiert?", will Mr. De Cook sofort wissen und er wirkt sichtlich fahrig.

Kein Wunder bei den schockierenden Nachrichten der letzten Stunden.

„Nein! Es ist alles in Ordnung", beruhige ich ihn.

Mr. Martínez sieht mich mit einer Mischung aus Entsetzen und Sorge an.

„Ihre Tochter befindet sich in der Obhut von erprobten Nahkämpfern", sage ich so leise, dass nur er es verstehen kann und weiß, was ich damit meine.

„Die können Sie aber auch dringend gebrauchen", sagt er.

„Ich habe gleich ein gesamtes SWAT-Team um mich herum", versuche ich zu scherzen.

Statt zu lachen hebt Mr. Martínez seine dunklen Augenbrauen und drängt mich und Mr. De Cook zum Aufbruch. Die Sondersitzung des Diamond Traders Clubs beginnt in den nächsten Minuten.

Natürlich kann ich jetzt nicht einfach so verschwinden, als wäre nichts gewesen, deshalb bitte ich Mr. Martínez mit Mr. De Cook bereits vorzugehen. „Ich komme gleich nach", sage ich hastig und wende mich erneut an den Kommandanten des SWAT-Teams. Dieser scheint mich, zu meiner großen Überraschung, bereits zu erwarten.

„Ich muss jetzt nur ein paar Hauseingänge weiter zu einer wichtigen Sitzung", erkläre ich ihm.

„Ich weiß ...", murmelt er unter seiner schwarzen Strumpfmaske. „Ich werde Sie begleiten. Befehl von Mr. Bright!"

Edward! Jetzt übertreibt er es aber mit seiner Vorsicht!

„Das ist nicht nötig", wiegle ich ab.

„Befehl ist Befehl! Tut mir leid, Mr. Collister", sagt er und deutet mit seinem Maschinengewehr an, dass ich vorgehen soll.

Mit einem mürrischen Gesichtsausdruck setze ich mich daraufhin in Bewegung und folge Mr. De Cook und Carinas Vater in den Versammlungsraum des Diamond Traders Clubs.

Kapitel 16

Als wir dort ankommen - natürlich sorgt meine vermummte und stark bewaffnete Begleitung für Aufsehen - sind alle verbleibenden Mitglieder bereits anwesend.

Aufgrund der plötzlich veränderten Situation – doch auch heute muss die Tradition eingehalten werden - wird das älteste Clubmitglied die Sitzung eröffnen. Nach meinem Wissen ist das Mr. De Cook. Da dieser ausgeschlossen wurde und erst auf seine Rehabilitation warten muss, steht wohl Mr. Bloom diese Ehre zu.

Unter den heutigen Umständen eine sehr zwiespältige.

Mr. Bloom verkörpert den typischen Amerikaner mit der ausgesprochenen Liebe zum Vaterland. Wenn ich richtig informiert bin, wohnt er die meiste Zeit in Texas auf seiner Pferderanch und betreibt von dort aus seinen Diamantenhandel. Mich wundert es immer wieder, dass er es schafft, ohne den typischen Cowboy-Hut und die dazugehörigen Stiefel hier aufzutauchen. Für mich bleibt er immer ein John-Wayne-Verschnitt.

Mit seiner lauten und poltrigen Stimme begrüßt er die anwesenden Mitglieder und erntet dabei Unverständnis.

„Meine Herren ...", ruft er und verschafft sich somit Gehör. „Einige von Ihnen wissen es bereits", hallt seine

Stimme durch den Raum, „und für die, die es noch nicht erfahren haben ... Mr. De Groot ist heute früh bei einem Attentat tödlich verletzt worden und deshalb eröffne ich diese Sitzung."

Augenblicklich schreien einige Mitglieder vor Entsetzen auf, andere schweigen betroffen oder beginnen eine hitzige Debatte.

Ich kann verstehen, dass die Nachricht über den unerwarteten Tod von Mr. De Groot viele Fragen aufwirft, aber um ganz ehrlich zu sein, interessiert mich persönlich nur eine Tatsache. Deshalb sage ich laut und deutlich, sodass mich jeder verstehen kann: „Abel Amancio Belisario Bento da Silva ..."

Kaum habe ich den Namen zu Ende ausgesprochen, herrscht eine merkwürdige Stille im Raum. Jeder scheint sich das Atmen zu verbieten, als er den Namen gehört hat - so viel Respekt und Angst versprüht dieser.

„Wer von Ihnen kennt diesen Mann? Oder soll ich besser fragen, wer wird *nicht* von ihm erpresst oder bedroht?"

Daraufhin setzt bei vielen Mitgliedern die Atmung wieder ein und einige blicken sich verstohlen um oder zucken anscheinend teilnahmslos mit den Schultern.

„Also ich kenne den Mann nicht", sagt ein recht neues Mitglied zu mir.

„Auch nicht Marcos Fernandes?", frage ich nach.

„Den schon", gibt er kleinlaut zu.

Was für eine Überraschung.

„Mr. Collister. Was hat es mit den Namen auf sich?", will Mr. Bloom von mir wissen.

Nicht nur er.

„Hinter den vielen Namen verbirgt sich ein und dieselbe

Person", beginne ich. „Der erste Name, den ich genannt habe, ist der Deckname. Die Person leidet wohl an Selbstüberschätzung, denn sein erfundener Name beinhaltet verschiedene Heilige und den größten byzantinischen Feldherrn. Allerdings hätte er sich beim Nachnamen *da Silva* mehr Mühe geben können, denn das ist einer der am häufigsten vorkommenden Familiennamen in den ehemaligen portugiesischen Kolonien." Meinen Sarkasmus scheinen alle verstanden zu haben, denn ein leises Raunen schwirrt durch den Raum.

„Also kennen Sie ihn auch?", werde ich gleichzeitig von mehreren Mitgliedern gefragt.

„Ja … nicht freiwillig und seit dreißig Jahren!", antworte ich. Ich kann sogar genau auf die Minute die Uhrzeit sagen, wann ich das erste Mal in der Vergangenheit auf ihn traf. Die Begegnung endete im puren Hass aufeinander, wobei ich ihm zur Erinnerung die späteren Narben am Hals und über der rechten Augenbraue verpasste. Deshalb wusste ich sofort, als Keith mir den Unterhändler beschrieb, von dem er die Diamanten gekauft hat, um wem es sich handelte. Dass er zusätzlich bei Carina im Krankenhaus auftauchen würde, damit hätte ich rechnen müssen.

„Dieser Mann …", beginne ich, „ist ebenfalls dafür verantwortlich, dass Mr. De Cook die gefälschten Zertifikate untergeschoben wurden, die zu seinem Ausschluss aus dem Club führten. Seine Rehabilitation ist der eigentliche Grund für die Sitzung heute."

„Das besprechen wir gleich", wiegelt Mr. Bloom ab. „Erst einmal müssen wir die Frage klären, was dieser Mann von uns will?"

„Macht! Und den Vorsitz des Clubs!", wirft Carinas Vater

in den Raum.

Wieder steigt der Geräuschpegel auf eine besorgniserregende Höhe an und Mr. Bloom muss lautstark um Ruhe bitten. Erst danach trauen sich die ersten Mitglieder zu berichten, wie sie von Marcos Fernandes erpresst worden. Meistens ging es um die Person selbst und deren Familien. Die Mitglieder, die nicht erpressbar waren, erlitten Unfälle mit tödlichem Ausgang. Ich bin dabei eine Ausnahme. Wir beide haben eine ganz persönliche Rechnung offen.

Zu meiner großen Erleichterung kommen wir zügig zu einer Übereinkunft, dass wir den Club aufgrund der äußerst gefährlichen Situation offiziell auflösen und uns weiterhin an geheimen Orten solange treffen, bis wir das *Problem* beseitigt haben. Mr. De Cook wurde außerdem einstimmig wieder aufgenommen und fungiert fortan als Vorsitzender – so wie es die Regeln vorsehen.

Das Kapitel Mr. De Cook und die gefälschten Zertifikate kann ich also schließen.

Um welches Kapitel kümmere ich mich jetzt?

Grace.

Die ersten Mitglieder sind bereits aufgebrochen, als ich meinem persönlichen Wachschutz signalisiere, dass ich kurz zur Toilette muss. Dort schließe ich mich in einer Kabine ein und lehne mich gegen die Tür. Mit steigendem Puls ziehe ich den Brief von Grace aus der Jackett-Innentasche und reiße ihn fieberhaft auf. Das cremefarbene Blatt darin ziehe ich dennoch verhalten heraus und starre auf Graces unverkennbare Handschrift. Statt persönlicher Worte lese ich nur eine Adresse. Für einen Moment überlege ich und zwei Atemzüge später weiß ich, dass ich dringend handeln muss.

Bevor ich die Toilette wieder verlasse, schreibe ich

deshalb Edward eine weitere verschlüsselte Nachricht. Seine Antwort lässt nicht lange auf sich warten. Wir sind uns beide einig, dass ich an der angegebenen Adresse in eine Falle gelockt werden soll und treffen deshalb entsprechende Vorkehrungen.

Trotzdem werde ich hinfahren.

***

Mit einem mulmigen Gefühl im Bauch steige ich später in meine Limousine ein. Beim Starten halte ich kurz die Luft an und warte einen Moment.

Auf was eigentlich? Dass eine weitere Bombe installiert ist und diese explodiert?

Als nichts passiert, beginne ich wieder zu atmen und fahre dabei langsam los. Automatisch fällt mein Blick in den Rückspiegel und ich entdecke das SWAT-Team, welches mir folgen soll.

Dann werde ich dafür sorgen, dass die vermeintliche Falle zuschnappt.

Von der West 47th Street fahre ich die 5th Avenue bis zum Central Park zurück und biege dort links ab in die West 59th Street ein. Den Park lasse ich zu meiner rechten Seite liegen, bis ich den Columbus Circle erreiche. Den durchfahre ich ein Stück, bis ich zu dem Nobelhotel *Mandarin Oriental* gelange. Das ist mein Ziel.

Meine Limousine stelle ich allerdings in der nächsten Nebenstraße ab - natürlich nur für den Notfall - denn sollte meine Vermutung stimmen, dass ich geradewegs in eine Falle laufe, dann wartet man bereits auf mich und wird meine Ankunft schon bemerkt haben.

Während ich durch die nobel eingerichtete Eingangshalle schreite, betritt das SWAT-Team den Hintereingang des Hotels. Edward hat in kürzester Zeit dafür gesorgt, dass dies möglich ist.

Ohne auf irgendwelche Leute zu achten, steuere ich auf den Fahrstuhl zu und begebe mich damit in die 12. Etage. Während der Fahrt hole ich aus meiner Jackett-Innentasche ein winzigen Funk-Empfänger heraus, den mir der Kommandant des SWAT-Teams nach dem Verlassen des Gebäudes gegeben hat und stecke ihn mir ins rechte Ohr. Damit bin ich zu meinem Bedauern mit Edward verbunden, der sofort zu labern anfängt, sobald er bemerkt, dass ich zugeschaltet bin.

„Halt die Klappe!", fluche ich leise.

Als sich die Fahrstuhltüren öffnen, habe ich eigentlich *mein* Empfangskomitee erwartet, doch der Hotelflur ist menschenleer.

Wie enttäuschend.

Trotzdem ziehe ich meine Pistole und entsichere sie. Vor dem Zimmer 1211 halte ich an, warte einen Moment und sehe nach rechts und links, ob - außer dem sich gerade anschleichenden SWAT-Team - noch irgendwelche Verdächtige in mein Visier geraten.

Alles still.

Mit dem Team ist vereinbart, dass ich zuerst allein das Zimmer betrete. Sie sind ebenfalls mit Mikrofonen ausgestattet und erst bei einem bestimmten Codewort haben sie die Freigabe zum Zugriff.

Zögerlich klopfe ich an die Tür der Hotelsuite und eine Frauenstimme antwortet mir.

Grace.

Als ich ihre Stimme höre, schlucke ich schwer. Ich muss mich innerlich überwinden, den Knauf überhaupt zu berühren und dann zu drehen, damit ich die Tür öffnen kann. Vorerst halte ich die Waffe versteckt hinter meinem Rücken und trete so ein.

Grace steht mitten im Zimmer und ihr trauriger Blick mit ihren betörend schönen braunen Augen signalisiert mir, dass ich mit meiner Vermutung recht habe.

Ich laufe geradewegs in eine Falle von keinem Geringeren als Marcos Fernandes.

„Hallo Grace", begrüße ich sie, lächle dabei und schließe die Tür hinter mir. Zwei Meter von ihr entfernt bleibe ich stehen.

„Es tut mir leid", flüstert sie und kämpft dabei mit den Tränen.

Auch in diesem bemitleidenswerten Zustand ist sie eine wunderschöne Frau. Ihre dunklen langen Haare hat sie zu einer modernen Hochsteckfrisur zusammengebunden und ein gelbes Kleid umschmeichelt ihren wohlgeformten Körper.

„Alles wird gut", sage ich und sehe sie intensiv an.

„Natürlich!", johlt es aus dem Nebenraum und Marcos steht plötzlich in der Tür. Seine etwas lockigen dunklen Haare hat er mit Gel streng nach hinten gekämmt und sein abfälliger Blick bleibt kurz an mir haften. Dann zielt er sofort mit seiner Waffe auf Graces Kopf. „Ich habe dir doch gesagt, dass ich zu unserem nächsten Treffen meine geliebte Frau mitbringe", erklärt er mit höhnischer Stimme.

„Das hätte beinahe nicht stattgefunden", entgegne ich voller Ironie. „Immerhin wolltest du mich mit einer Autobombe beseitigen!"

„Ach, das war nur ein kleiner Test wie gut du noch bist ... deine Waffe", knurrt er und gibt mir mit einem Handzeichen zu verstehen, dass ich sie auf den Fußboden legen soll.

Da ich weiß, dass Marcos nicht zum Plaudern hier ist und er ohne zu zögern seine Frau erschießen würde, tue ich, was er von mir verlangt. Vorsichtig lege ich meine Pistole ab und schiebe sie mit dem Fuß zu Marcos.

„Also, früher wärst du schon auf mich losgegangen", spottet er. „Du wirst alt!"

„Nein! Da täuschst du dich! Bei unserem letzten Treffen habe ich dir die Narben verpasst, dass du dich immer daran erinnerst, was du Edwards Mutter und Schwester angetan hast. Heute bin ich hier, um dich zu töten und das Kapitel endlich zu schließen!"

„Ohh ...", johlt er. „Aber zuvor siehst du zu, wie ich deine Jugendliebe erschieße und ihren Bastard von Sohn dazu."

„Sohn?", frage ich und sehe zu Grace.

Edward brüllt mir gleichzeitig ins Ohr: „Verfluchte Scheiße!"

„Du hast einen Sohn?", wiederhole ich und bin total irritiert und überrascht dazu.

Grace ist nicht imstande zu antworten und ihr laufen die Tränen über das Gesicht.

„Wie jetzt?", schnauzt Marcos, geht zu Grace und reißt ihr an den Haaren brutal den Kopf nach hinten. „Du hast es ihm nicht gesagt, dass der Bastard, den du irgendwo versteckst, *sein* Sohn ist? Weißt du Aiden, die liebe Grace ist in den letzten Wochen etwas hektisch geworden und durch einen großen Zufall konnte ich ein Telefonat abhören, worin ich die Neuigkeit erfahren habe. Die Überraschung war wirklich groß ... jetzt ergeben einige Dinge für mich

Sinn." Marcos drückt ihr zusätzlich seine Waffe auf die Wange. „Du wirst mir sagen, wo er ist!", droht er und entsichert seine Pistole.

Grace zuckt daraufhin ängstlich zusammen und in mir brodelt die Wut. Dieser Anblick ist kaum auszuhalten. Es wird Zeit, dass das SWAT-Team mit mir zusammen diesen Spuk beendet.

„Ich schließe jetzt das Kapitel!", sage ich bedeutungsschwer und zwei Atemzüge später wird die Tür mit voller Wucht eingetreten. Zu meiner großen Überraschung betritt Edward den Raum - gefolgt von dem SWAT-Team - richtet seine Waffe auf Marcos und wirft mir fast gleichzeitig eine Pistole zu.

„Warum hat das so lange gedauert?", blaffe ich Edward an, ohne, dass wir uns dabei ansehen.

„Jetzt reg' dich ab ... ich musste erst Carina in den Schlaf singen und danach deine unleserlichen Nachrichten entschlüsseln ..."

„Was war daran unleserlich? Die Abkürzungen verwenden wir, seit wir schreiben können ..."

„Da war ich sieben ... da liegen verdammte dreiundvierzig Jahre dazwischen", motzt Edward.

„Und wer ist jetzt bei Carina?", frage ich und lasse Marcos keine Sekunde aus den Augen. Dieser wirkt gerade völlig konfus.

„Ein zweites SWAT-Team und Esmeralda! Kannst du dir vorstellen, dass sie mich aus Carinas Bett geschmissen hat?" Edwards Entsetzen darüber ist groß.

„Seid ihr total bescheuert", brüllt Marcos und drückt Grace seine Waffe noch fester auf die Wange.

Statt auf ihn zu reagieren, sage ich: „Bei Esmeralda

musst du mit allem rechnen. Sobald wir zu Hause sind, kümmerst du dich um Carina und ich mich um den Rest."

„Nein! Das Kapitel schließe ich … und zwar jetzt!", knurrt Edward und drückt ab. Zeitgleich hechte ich zu Grace und reiße sie mit zu Boden.

Es vergehen scheinbar endlose Sekunden, bis Edward Entwarnung gibt. „Kapitel geschlossen!", sagt er und spuckt voller Abscheu auf den reglosen Körper von Marcos. Durch einen gezielten Kopfschuss kann Edward dreißig Jahre später endlich den grausamen Tod an seiner Mutter und Schwester rächen.

Gerade will ich mich Grace zuwenden, da hören wir aus dem Nebenraum Geräusche. Edward gibt dem SWAT-Team mit einem Zeichen zu verstehen, dass sie sich darum kümmern sollen.

„Das sind Marcos Männer", flüstert Grace und sie zittert am ganzen Körper.

„Die sind aber spät dran!", knurrt Edward.

Ein paar Augenblicke später – nachdem er von seinem SWAT-Team ein Zeichen zur Entwarnung erhalten hat - antwortet er: „Das waren seine Männer!" Sein Team hat fehlerfrei gearbeitet.

„Seid ihr unverletzt?", will Edward noch wissen.

„Das fragst du erst jetzt!" Ich muss nicht nachsehen - außer, dass ich meine Schirmmütze verloren habe - ist alles in Ordnung. „Und bei dir?", frage ich Grace fürsorglich und setze mich auf. Die gesamte Zeit habe ich sie mit meinem Körper geschützt. „Auch …", flüstert sie und versucht zu lächeln.

„Ich warte dann mal draußen", sagt Edward und zeigt auf die Tür. „Ihr habt euch … glaube ich … was zu erzählen", flötet er. „Aber beeilt euch damit. Ich habe zu Hause eine schlafende Prinzessin, die ich gern wecken würde", bemerkt er beim Hinausgehen.

Grace versteht natürlich kein Wort davon. Das sehe ich an ihrem verstörten Blick.

Das SWAT-Team kümmert sich zwischenzeitlich um die Beseitigung der Leichen und deshalb stehe ich auf und helfe Grace hoch. „Lass uns ins Bad gehen", schlage ich vor.

Grace schweigt und nickt mir stattdessen nur kurz zu. Danach wirft sie einen letzten Blick auf ihren verstorbenen Mann und murmelt: „Seine Familie wird sich rächen!"

„Aber nicht mehr heute", antworte ich und ziehe sie an ihrer Hand ins gegenüberliegende Bad. Dort setzt sie sich auf den Rand der Wanne und ich lehne mich an den Türrahmen. Scheinbar endlose Minuten schweigen wir, bis ich frage: „Wie alt ist dein Sohn?"

„Er wird zwanzig Jahre", antwortet sie und sieht mich verträumt an. „Und hat deine blauen Augen", setzt sie nach und mir wird, als ich das höre, ganz schwindlig.

„Dann ist es in London passiert?", röchle ich.

„Ja!"

„Wieso bist du damals einfach aus dem Hotelzimmer verschwunden?", frage ich vorwurfsvoll.

„Ich war doch verheiratet, Aiden!"

„Bis heute verstehe ich nicht, wie dich dein Vater zu dieser Heirat zwingen konnte", grolle ich.

„Marcos stammt aus einer der reichsten Familien in Brasilien. Diese betreibt unter anderem mehrere Diamantenminen dort", rechtfertigt sich Grace. „Er war eine verdammt gute Partie ... laut der Aussage meines Vaters. Was ich wollte, zählte nicht. Nicht einmal meine Mutter konnte ihn umstimmen."

„Du hättest ihm sagen müssen, dass ich dich heiraten wollte. Immerhin habe ich dir einen Antrag gemacht", entgegne ich.

„Aiden! Da war ich zehn und du zwölf Jahre alt", wirft Grace ein und muss lachen.

Mir geht es nicht anders, denn ich habe augenblicklich die Bilder wieder vor mir, wie ich - wir wohnten alle noch in Rhodesien - meiner Großmutter einen ihrer vielen Ringe, die mit Diamanten besetzt waren, gestohlen und ihn Grace, mit einem romantischen Antrag, geschenkt habe. Danach trennten sich aufgrund des Bürgerkrieges unsere Wege. Graces Familie zog zuerst weg aus Rhodesien und zwar nach Brasilien. Ihr Vater stammte ursprünglich von dort. Ihre Mutter war Engländerin. Ich habe mich damals tagelang im Baumhaus in unserem Garten versteckt und jegliche Nahrungsaufnahme verweigert. Heimlichen Kontakt hatten wir stets und zwar über meine Schwester, denn die ist bis heute noch immer die beste Freundin von Grace.

Doch erst vor zwanzig Jahren haben wir es geschafft, uns heimlich in London zu treffen. Ich war beruflich dort und Grace besuchte meine Schwester, die zum damaligen Zeitpunkt bei meiner Tante lebte. Ich dachte, jetzt wird endlich alles gut. Doch nach unserer ersten gemeinsamen Nacht war Grace am nächsten Morgen wieder verschwunden und ich habe abends in einer Bar meine Enttäuschung samt Einsamkeit betäubt. Wie das Schicksal es so wollte, lernte ich dort Josephine kennen, die Grace zum Verwechseln ähnlich sieht. Ein halbes Jahr später war ich verheiratet.

Doch Grace vergessen? Nein! Das habe ich nie.

Ich kann auch nicht die Frage beantworten, wen ich mehr

geliebt habe. Wahrscheinlich beide, aber jede auf eine ganz bestimmte Weise.

Plötzlich klopft es zögerlich an den Türrahmen, an dem ich lehne. Edward steht hinter mir und zieht eine dümmliche Grimasse. „Sorry … ich konnte euer Gespräch mithören …", und tippt dabei mit dem Finger an sein Ohr.

Stimmt! Ich habe noch den Funk-Empfänger im Ohr.

„So wie es sich anhört, dauert es anscheinend etwas länger … eure … verzwickte Situation zu klären, oder?" Edward guckt uns beide an und hält dabei den Kopf leicht schief.

„Ja … manche Dinge lassen sich nicht so einfach klären", antwortet Grace.

Ich schweige.

Will ich ihr überhaupt weiter zuhören?

Mein Bauchgefühl sagt mir, dass es noch kompliziert wird.

„Wir müssen hier weg!", sage ich zur Ablenkung.

„So sieht es aus", pflichtet mir Edward bei. „Der Hoteldirektor wartet auf dem Flur, weil er von einigen besorgten Gästen alarmiert wurde. Das SWAT-Team scheint irgendwie angsteinflößend auf bestimmte Menschen zu wirken", bemerkt Edward voller Ironie. Oder ist das Sarkasmus? Egal.

„Und wie bringt ihr die Leichen hier ungesehen weg?", will Grace wissen und sie wirkt dabei sehr aufgebracht.

„Ganz einfach … im Leichensack zur Tür hinaus", antwortet Edward lapidar.

„Einfach so?" Grace sieht Edward mit weit aufgerissenen Augen an.

„Ja, klar. Das ist eine Sicherheitsübung und in den Säcken sind natürlich Puppen", erklärt Edward mit einem fetten Grinsen im Gesicht.

„Glaubst du, das nimmt man dir als Erklärung ab?"

„Schätzchen ... ich besitze das Hotel!", sagt er. „Deshalb habe ich dir am Flughafen geraten, dich hier einzuquartieren. Außerdem wusste Aiden dadurch, dass er mit mir rechnen kann!"

„Ihr seid immer noch ein Team, was man nicht unterschätzen sollte", bemerkt Grace schon fast andächtig.

Das stimmt.

Wir verstehen uns ohne Absprachen. Viele Dinge wissen nur wir beide.

Kapitel 17

*E*ine Stunde später sitzen Edward, Grace und natürlich Carina in meinem Wohnzimmer, was für mich ein verstörender Anblick ist, besonders wegen Grace.

Nach einem für mich fürchterlichen Smalltalk will Grace irgendwann wissen – zwischendurch schielt sie immer wieder zu den Fotos von Josephine - wer Carina so fürchterlich misshandelt hat. Als sie erfährt, dass ihr mittlerweile verstorbener Ehemann dahintersteckte, hält sie für drei Atemzüge die Luft an. Wenig später murmelt sie eine tränenreiche Entschuldigung, was sie eigentlich gar nicht müsste. Es war immerhin Marcos, der die angeblichen Brüder von Carinas Freund geschickt hat. Für diese Schandtaten kann sie nichts.

Nachdem Esmeralda uns eine Kleinigkeit zu essen und Getränke gebracht hat, dränge ich darauf, die Wahrheit über meinen Sohn zu erfahren.

„Wir lassen euch dann allein", sagt Edward und will aufstehen.

Sofort winke ich ab und bedeute ihm, dass alle hierbleiben sollen. Ich habe wohl vor meiner eigenen Reaktion Angst und in Edwards und auch Carinas Anwesenheit fühle ich mich sicherer.

Grace scheint sich mit dem Thema auch schwer zu tun, denn es dauert eine gefühlte Ewigkeit, bis sie bereit ist, zu sprechen.

„Ich habe ihn Leo genannt", beginnt sie zögerlich.

Natürlich!

Das ist der Name, den wir uns als Kinder schon ausgedacht haben, als wir davon träumten, einmal selbst welche zu haben. Die Tochter sollte übrigens Amelia heißen. Heute bin ich froh darüber, dass es doch ein Junge geworden ist, denn ich finde den Namen mittlerweile fürchterlich. Leo kommt von Leonardo und so hieß mein Großvater.

„Und wo ist er jetzt? Also unser Sohn ... ist nicht zufällig in Australien?", frage ich unterschwellig.

„Ja ... woher weißt du das?" Grace wirkt sichtlich überrascht.

Edward sieht mich misstrauisch von der Seite an, schweigt aber. Nur Carina scheint zu ahnen, was ich denke, denn sie drückt plötzlich meine Hand.

„Seine Großmutter und meine Schwester begleiten ihn?", frage ich weiter und kämpfe gegen den wachsenden Kloß in meinem Hals.

„Moment!", ruft Edward und springt auf. „Leo ist nicht Aidens Neffe, sondern sein Sohn?"

„So ist es", röchelt Grace.

Edward sieht entsetzt zu mir und Carina drückt so fest meine Hand, dass es zu schmerzen beginnt. Ich hingegen kann gar nichts sagen. In meinem Kopf beginnen sämtliche Erlebnisse, die ich mit Leo in den vielen Jahren hatte, lebendig zu werden.

Als meine Schwester damals plötzlich mit einem neugeborenen Sohn im Arm bei mir vor der Tür stand, war ich fassungslos. Mit keiner Silbe hatte sie jemals einen Mann erwähnt – noch, dass sie schwanger war. Angeblich ein One-Night-Stand, wiegelte sie ab. Ich konnte das natürlich nicht nachprüfen, da sie zu dieser Zeit bei meiner Tante in London lebte, zu der ich heute noch Edwards hervorragenden Wein schicken lasse.

Jedenfalls beschlossen meine Mutter und ich, meine Schwester Isabella tatkräftig zu unterstützen.

Mit Josephines Einverständnis richtete ich Leo sogar ein Zimmer in unserer neuen Wohnung ein und besonders ich verbrachte so viel Zeit wie möglich mit ihm. Immerhin wuchs er ohne Vater auf - das dachte ich zumindest immer. Als Leo älter wurde, sagte irgendwann Josephine zu mir, dass er nicht nur so aussieht wie ich, sondern auch dieselbe Gestik hat. Ich habe damals damit argumentiert, dass er der Sohn meiner Schwester ist und vielleicht mehr die Erbanlagen von seinem Onkel hat. Ich konnte doch nicht wissen, dass er tatsächlich mein Sohn ist. Bewusst entschieden Josephine und ich uns gegen Kinder, weil wir einfach zu wenig Zeit dafür hatten und außerdem gab es Leo, den ich nicht deshalb vernachlässigen wollte.

Und jetzt?

„Warum hast du mir es nicht erzählt?!", fahre ich Grace an.

„Als ich mir sicher war, dass ich von dir schwanger bin, hattest du schon Josephine und außerdem war ich da bereits mit Marcos verheiratet. Aus dieser Ehe kommt man nur durch den Tod heraus!"

„Das hat doch heute geklappt!", bemerkt Edward bissig.

Grace ignoriert seine Bemerkung und erzählt weiter: „Nachdem ich die Schwangerschaft nicht mehr verbergen konnte, bin ich mit der Ausrede einer schweren Krankheit nach London zu deiner Schwester geflüchtet. Marcos hatte zu diesem Zeitpunkt gerade eine neue Affäre und meine Abwesenheit kam für ihn zum richtigen Zeitpunkt. In London brachte ich ... mit gefälschten Papieren und im Namen deiner Schwester ... Leo zur Welt und bin nur ein paar Tage später zurück nach Brasilien gereist. Ich weiß, dass niemand mein Verhalten verstehen wird, aber das war die einzige Möglichkeit, Leo zu retten. Marcos hätte ihn ohne zu zögern getötet." Nach Graces letzten Worten erfüllt ein erdrückendes Schweigen den Raum.

Meine Gefühle kann ich in diesem Moment überhaupt nicht beschreiben. Ich überlege gerade, wie mein Leben wohl verlaufen wäre mit Grace und Leo an meiner Seite?

„Ich hätte auch nicht anders gehandelt", sagt irgendwann Carina leise und drückt noch etwas mehr meine Hand.

Grace sieht sie daraufhin mit einem dankbaren Blick an und lächelt verlegen.

Ich hingegen bekomme keine Luft mehr und stehe auf. Bevor ich Carinas Hand loslasse, küsse ich sie auf die Handknöchel und hauche: „Danke!"

Sie weiß, warum.

Dann stürze ich aus dem Zimmer, hinaus auf die Terrasse. Dort hole ich so tief Luft, dass meine Lungen zu platzen drohen. Das wiederhole ich ein paar Mal, bis mich in diesem Zustand Edward findet.

„Ich bin eifersüchtig auf dich", nuschelt er, während er sich eine Zigarette anzündet.

„Du bist was?", fauche ich.

Statt mir zu antworten, reicht er mir seine Zigarette und zündet sich eine neue an. Wortlos nehme ich sie und der erste Zug kostet mich fast das Leben. Als sich mein Husten wieder gelegt hat, will ich eine Antwort von ihm.

„Carina hat die ganze Zeit deine Hand gehalten", murrt Edward.

„Aus Freundschaft, du Idiot!"

„Also hast du kein weiteres Interesse an ihr?", fragt Edward und klingt dabei ungewöhnlich kleinlaut.

„Das hatte ich nie, aber ich mag sie unwahrscheinlich gern als Mensch und solltest du mit ihr so umgehen wie mit deiner Frau, dann töte ich dich!"

„Ich mag deine klaren Worte, aber ich werde dir keinen Grund geben, dein Vorhaben umzusetzen."

„Gut, dass wir darüber gesprochen haben", knurre ich und nehme einen weiteren Zug von der Zigarette. Der nächste Hustenanfall fällt schon deutlich geringer aus.

„Dass es noch nicht vorbei ist, weißt du", beginnt Edward. „Da draußen läuft noch der Verräter Keith herum und zusätzlich erwartet uns Marcos Familie."

„Also wird es in den nächsten Monaten nicht langweilig", brumme ich.

„Nein! Und eine andere Frage beschäftigt mich noch", sagt Edward zögerlich.

„Ich höre …"

„Bist du bereit, das Kapitel um Josephine zu schließen?"

„Nein!", sage ich knapp.

Bei meiner Antwort reißt Edward weit die Augen auf.

„Nein!", wiederhole ich mit fester Stimme.

„Also schlägst du das Kapitel um Grace gar nicht erst auf?", fragt er und wirkt dabei unsicher.

„Vorerst nicht!"

Vorerst!

- Ende -

Dank

Zuerst möchte ich mich bei meiner Tochter, Tiffany Fischer, bedanken. Sie war es, die mich ermutigt hat, meine Roman-idee umzusetzen. In unzähligen Stunden hat sie mit mir Filmmaterial angesehen und sich meine Vorschläge zur Ent-wicklung der Story angehört. Da ich während der intensiven Recherche und später beim Schreiben oft mit einer lähmen-den Beklommenheit - aufgrund der Schwere des Themas Blutdiamanten - zu kämpfen hatte, war sie es, die mich wie-der zurückholte.

Weiter gilt ein Riesendankeschön an meinen persönli-chen Helden, Jens Bachmann, der mir erneut ein einzigarti-ges Cover entworfen hat. Ich bewundere seine Geduld bei der Umsetzung meiner Änderungswünsche.

Meiner brillanten Lektorin, Daniela Humblé, gilt ein ganz spezieller Dank. Ihre teilweise lustigen Bemerkungen und bildlich dargestellten Anekdoten bei der Korrektur sind bei-spiellos und ich möchte sie auch in Zukunft nicht missen.

Ich nenne es meinen eigenen Club der Erstleser und die Mitglieder sind für mich die wertvollsten Diamanten: Silke Gruner, Marcus Westhoven, Martina Tekampe-Giesing und Diana Schlegel. Auf eure konstruktiven Dialoge möchte ich nicht verzichten.

Der Inhaberin des NWe' Schmuck und Uhrengeschäftes, Nicole Weeverink, danke ich herzlich für ihre fachliche und kompetente Unterstützung zum Thema Diamanten.

Meinen Eltern gilt der letzte und entscheidende Dank - dafür, dass sie für mich da sind.

Natürlich möchte ich allen nicht namentlich aufgeführten Personen danken, die mich tagtäglich ertragen und meine Leidenschaft für das Schreiben unterstützen.

Shelia Fisher

Bereits erschienen:

Shelia Fisher

Der andere Kunsthändler

ISBN 9 783743 181441
PB 248 Seiten 8,99 €
E-Book 2,99 €

Clive Henderson ist ein
angesehener Londoner Kunsthändler, der im Stadtteil
Mayfair eine eigene Galerie besitzt. Seine außergewöhnlichen Tattoos und seine Leidenschaft für Schmuck und
Talismane im Piraten-Stil verleihen ihm ein extravagantes
Aussehen.
Dass seine Geschäfte nicht immer auf legalem Weg
ablaufen, weiß seine Kundschaft sehr zu schätzen – unter
anderem Mrs. Clark. Sie ist eine sehr spezielle Kundin, die
gern seine einzigartigen Dienste in Anspruch nimmt.
Schon bald bringt sie sein geordnetes Leben durcheinander
– und auch wenn sie eigentlich gar nicht Clives Frauentyp
ist, so verfolgt ihn doch der stechende Blick ihrer blauen
Augen bis in seine Träume hinein. Die Ereignisse
überschlagen sich, als er mit Hilfe seines Freundes
Alexander, der wiederum bei einem Geheimdienst tätig ist,
Mrs. Clarks wahre Identität ermittelt.
Plötzlich hadert Clive mit seinen Gefühlen und seine
Existenz gerät in Gefahr.

Wie wird er sich entscheiden?